◆ 謝鴻文——著 ◆

兒童文學
的
新生與新聲

目次

推薦序　期待的新聲／林文寶／007

自序　兒童文學永遠需要迎接新生與新聲／009

輯一　生態・現象・文學史

臺灣兒童文學史發展起點的異議／012

臺灣兒童文學的烏托邦幻想世界／018

守望明天：當代臺灣童詩的烏托邦想像／022

臺灣童詩的沒落與未來復興的反思／030

明月光華映照臺灣童詩的黃金年代
　　──《月光光》在臺灣兒童文學史的價值與意義／035

經典陌生化
　　──臺灣兒童文學閱讀、出版的一個怪象／051

當代臺灣少年小說呈現的世界圖像／056

從2006至2009年《臺灣兒童文學精華集》觀察當前臺灣兒童文學
　　發展／062

臺灣兒童文學研究前進的一大步
　　──《2007臺灣兒童文學年鑑》出版的意義與省思／071

共生時代的兒童文學──第七屆亞洲兒童文學大會觀察／075

用兒童文學為孩子種夢
　　──第十二屆亞洲兒童文學大會暨第三屆世界兒童文學
　　大會側記／079

在共生共榮的想像裡看見什麼？
　　──第十四屆亞洲兒童文學大會的省思／085

90年代後兒童與成人繪本在臺灣出版X創作的共振與合奏／091

全球化視野中當代臺灣繪本的本土化建構／098

回望二十一世紀初臺灣兒童文學：
　　黃金十年，抑或衰退的十年？／102

兒童閱讀的新推手──故事劇場在臺灣的實踐／114

輯二　文本・類型・作者論

童詩中的童言本色／120

童詩的靜觀與鏡觀／126

童詩反映的性別意識／130

圖像詩的「語言」意義──以詹冰〈山路上的螞蟻〉為例／134

林鍾隆珍稀的日文繪本創作《南方小島的故事》／137

林鍾隆〈我要給風加上顏色〉與安・艾珀《風是什麼顏色？》
　　美學精神的互通／140

地域文化特徵在曹文軒小說中的顯影／143

童書的禁忌和逾越
　　──論張雅涵《叔叔的祕密情人》性別多樣化的書寫／149

生存在愛與尊重的世界
　　——探索兒童文學裡的身心障礙者書寫／154

靈魂與火不滅——幸佳慧的創作與她的公民社會行動／164

冷藏的火把——鄭清文的文學風景／169

圖畫書的戲劇性／174

在兒童戲劇中溫暖相遇——黃春明與兒童戲劇／183

當春風停止吹拂——「人文合一」的傅林統與其作品／188

推薦序
期待的新聲

林文寶（臺東大學兒童文學研究所榮譽教授）

　　個人從事兒童文學研究與教學，是以書目為入徑。長期以來編寫年度兒童文學書目。初期是以原創作品和論述為主，而後又有了外來翻譯作品類，書目編寫始於1983年4月，止於2009年底。

　　也因此對從事兒童文學工作者的著作（含創作與論述），會有所了解，知道鴻文就是始於他的創作，而後有機緣在研討會上才正式認識，其為人沉默寡言，溫文有禮。

　　其後，收到《凝視臺灣兒童文學的重鎮──桃園縣兒童文學史》（2006年12月，富春文化公司）一書，令我驚喜不已，可見其人之好學與用心，這是臺灣第一本區域兒童文學的著作，後續2015年有《桃園文學的星空》（SHOW影劇團，2015年12月），它應該是前書的增值，今年4月又有《兒童戲劇的祕密花園》（2021年4月，揚智文化公司），這是他長期致力於兒童戲劇研究與教育的成果，全書架構分成理論、創作與教育三個層次，發願為臺灣兒童戲劇的理論點燈。

　　如今，又有《兒童文學的新生與新聲》一書行將出版。書名謙卑不亢，似乎亦有所指涉，全書是作者自2004年5月以來至今，在

各種雜誌上所發表的單篇論述（約有10種不同刊物），涉及範圍頗多，其中以參加歷屆亞洲兒童文學大會的論文最多（合計相關者有8篇），又就文類而言則以童詩9篇最多。全書計分兩輯，「輯一　生態、現象、文學史」是宏觀的論述，可見作者視野的開闊，以及心繫在地與兒童的殷切；「輯二　文本、類型、作者論」則是單一微觀，雖以文本、類型與作者論為題，卻不是作品的導讀，而是別有心得的論述。

　　綜觀全書，不得不認同「新聲」的背後的積累，正如邱傑在〈「石齋夜話」：謝鴻文書鋪人生路〉一文中的第一段描述：

> 　　要找謝鴻文嗎？謝鴻文不是在認真讀書，就是在用心講書，或是在努力寫書，否則便是風塵僕僕行走在各種鏈結不同書緣的交通線上……謝鴻文似乎就是這樣一個人。（見《人間福報》2019 年 8 月 13 日）

　　壯哉斯言也，是以當鴻文問序於我，即慨然應允，也由此更了解鴻文其人，於是乎明白未來兒童文學是可期待，是以我衷心推薦鴻文這本書，當然最好的關注，就是拿取書來閱讀，你才了解作者的用心。

自序

兒童文學永遠需要迎接新生與新聲

投入兒童文學研究與創作後一直在思考一個問題：我們的兒童文學何時能擺脫邊緣化，在整體臺灣文學中得到正視與平等的看待？

1997年臺東大學兒童文學研究所成立之後，每年量產數十位碩博士生及論文，更別提其他大專院校的文學、幼保等科系也有增加兒童文學研究的生力軍，乍看之下，兒童文學研究陣容變壯大了，可是為什麼兒童文學仍然處在邊緣，難以和其他文學學門抗衡，無法在臺灣文學裡得到合理且重要的發聲地位呢？

依我觀察淺見，其中一個理由是我們的兒童文學研究人才與數量固然有增加，可是整體而言，有深度、有創見的研究仍太少，量多不代表質精。其次，拿到學位之後，能夠持續一直做研究的人明顯不足，絕大多數人都是拿到學位後便和研究絕緣了。當然，人各有志不能以此去苛責；但就研究能量的累積，這樣的斷裂，間接影響使我們的兒童文學理論批評聲音還是顯得薄弱，甚至常有瘖啞失聲的狀況，對於諸多現象也就視若無睹了。

另一個反映學術研究方向失衡的問題，是這些年來大部分的研究論述或專書出版，多半偏向繪本（圖畫書），其他類型愈顯消聲勢弱，長遠來看非好事。有鑑於臺灣兒童文學的理論批評研究永遠需要更多新生與新聲匯集，需要大家團結一心，需要再多一點點視角寬闊的，公正客觀的，具深度內涵的理論批評建立。尤其隨著現

今創作愈趨龐大繁榮，理論批評研究腳步也必須趕快加緊跟上。

在教學與創作之外，我一直期許叮嚀自己，不要偏廢忘情理論批評研究。也相信大量的閱讀啟發，亦有助於自己在教學和創作上的實踐互證。在這般善的循環中，因此有了這本書書寫成形。

新生，意謂著提醒自己時時保持新人的狀態，謙卑學習，保持活力，再勇敢向前。

新聲，是希望嘗試多從新的視角觀點切入觀看文本，盼能提出屬於我們這世代新的見解。

不管是新生與新聲，迎接它，我們的兒童文學才能生生不息。

本書輯一彙整名為「生態·現象·文學史」，旨在從史料文獻的爬梳發現，重新理解臺灣兒童文學史的生成，再從歷史演進的脈絡裡提取若干發展現象剖析原因和影響；輯二以「文本·類型·作者論」編為一峽，意欲經由不同文本類型的創作考察，用符合當代研究視野的觀點詮釋解析，並以幾位兒童文學作家作品的專題論述，統整出他們的創作與生命的聯繫，進而探究他們在臺灣兒童文學史上的價值與地位。

誠摯感謝林文寶老師和許建崑老師的推薦鼓勵，謹以此書敬獻給兩位我的兒童文學啟蒙導師：林鍾隆老師與傅林統校長，上個世紀1999年的相遇，因為他們的厚愛提攜，引我從此走入兒童文學的世界裡。如今他們都已遠遊，人生謝幕，但承其精神與典範，我願繼續在兒童文學裡自在優遊，以為回報。

　　　　　　　　　　　謝鴻文二〇二一年十一月寫於桃園

輯一　生態・現象・文學史

臺灣兒童文學史發展起點的異議

　　當前可見的臺灣兒童文學史研究，多從1945年後開始寫起，如林文寶、林素玫等人編寫的《臺灣文學》就將1945年至1963年這個階段稱作「萌芽期」，開始進行論述。邱各容《兒童文學史料初稿1945—1989》的「萌芽期」則稍短，從1945年臺灣光復到1949年底。但光復前的日治時代，甚至更遠的明清時期，臺灣就沒有兒童文學嗎？

　　沒能再溯及更早的日治時期，固然是因為日治前具有原創性的現代兒童文學稀有，且原就不多的史料乏人整理，都是造成後來研究困難的原因。對此李潼在〈疼惜一暝一寸的兒童文學〉一文有感而發說：

> 臺灣的兒童文學史料未能向一八九五——一九四五年的日治臺灣時期探索，可能是這五十年語文轉換，時局動盪而的確少見臺灣的本土兒童文學作品（不論日籍或臺籍的寫作人），或許嚴格定義的兒童文學剛啟蒙……因此，留下了這一段兒童文學的空白。

　　李潼提到一個重點，即「兒童文學」作為獨立學科觀念的建立，在中國或臺灣，的確是從民初才啟蒙。五四新文學運動發生前夕，正好訪北京的美國教育哲學家杜威（John Dewey），他主張重視兒童心理特點，思考兒童個體存在的「兒童中心主義」，如醍醐

灌頂叫醒夢中人，中國現代的兒童文學觀才慢慢浮現──兒童不再只是成人的附屬品，而是具體存在有思想的個體，此一事實觀念的認清，兒童文學才有發展的可能。如郭沫若《兒童文學之管見》有云：

> 人類社會根本改造的步驟之一，應當是人的改造。人的改造應當從兒童的感情教育、美的教育著手。有優美純潔的個人才有優美純潔的社會，因而組成改造事業的組成部分，應當重視文學藝術。

五四時期，魯迅、周作人、郭沫若、葉聖陶等眾多文人都曾為現代兒童文學創立喉舌過，有魯迅這批中國近代極精彩的人物大聲疾呼，就如蔣風《中國現代兒童文學史》的觀察：「中國現代兒童文學起步遲，然而起點高，發展快，這在世界兒童文學發展史上是獨樹一幟的。」

臺灣兒童文學不僅受日本哺育，也承受中國的滋養。雖然臺灣兒童文學到底興起於何時，由於資料匱乏難以確說，可是臺灣的兒童文學以1945年為史之開端是大有問題的。

從目前所見文獻可知，早在日治時期的二、三十年代，一群留學日本的臺灣籍青年曾創辦《神童》雜誌，另一群寄寓北京的臺籍青年又曾創刊《少年臺灣》。李雀美考察光復前臺灣通行的兒童文學刊物，至少已有《學友》、《兒童街》、《童心》三種本土兒童雜誌，由臺北兒童藝術聯盟在昭和10年（1935）2月創辦的《童心》，發行人伊藤健一兼任總編輯，以兒童藝術及文學教育為主軸的同仁誌刊物；臺北兒童藝術協會在昭和14年（1939）5月創辦《兒童街》，由吉川省三擔任發行人兼總編輯，頗有和《童心》相庭抗禮的意味。加上從日本引進的《少年俱樂部》、《少女俱樂部》

等共十餘種刊物在臺灣發行，可見當時臺灣的兒童文學未必是荒蕪
的。邱各容則從1984年國立中央圖書館臺灣分館編印《日文舊籍資
料》找出刊列的六七十本近代日本兒童文學名家如鈴木三重吉、宮
澤賢治等人的作品，他說：「雖然是在日本統治時代，但是透過日
本兒童文學，擴展臺灣兒童文學視域；透過日本兒童文學，使臺灣
兒童文學不致和世界兒童文學脫鉤」，但這些都還不是真正臺灣人
的兒童文學創作。

　　又參照1980年國立中央圖書館臺灣分館編印的《日文臺灣資料
目錄》可知，日本殖民政府為了全面馴化統治，對臺灣兒童的語言
及文學教育是非常注重的，如大正9年（1920），渡邊節治編有《臺
灣課外讀本》；昭和4至7年（1929－1932），臺灣教育會編了五冊
《臺灣少年讀本》；還有昭和8年（1933），臺北市教育會綴方研
究部編《兒童作品童詩集》等。不單在出版上有收穫，日治時期童
謠的傳唱，被當作「國語教育」最便捷的一條路，臺中童謠劇協會
（1925）、臺南童謠童話協會（1930）等團體紛紛成立，童謠創作
風氣鼎盛，當時《臺灣日日新報》等報刊雜誌開始大量接收童謠創
作稿件，促成了宮尾進於昭和5年（1930）編成《童謠傑作選集》，
七百多首的童謠匯聚一起，豐茂如一座森林。這些資料均可證實兒
童文學的根在臺灣悄悄種下了。

　　日治時期臺灣籍的兒童文學作家有如保育類稀有動物，根據
邱各容〈日治時期臺灣兒童文學勾微〉一文研究，勉強搜尋到黃鳳
姿、林越峰、郭秋生三人。1940年3月和10月，黃鳳姿著作《七娘
媽生》和《七爺八爺》相繼出版，黃鳳姿是道道地地的臺灣人，出
生於艋舺，前述兩本書就是她就讀龍山公學校二年級時，由導師也
是他後來的夫婿池田敏雄指導完成，且由曾發起成立「臺灣詩人協
會」、「臺灣文藝家協會」，還創辦過《文藝臺灣》的作家西川滿

為之作序推薦，黃鳳姿從此贏得「臺灣文學少女」的封號。臺灣兒童文學倘若因為她以日文寫作就不算臺灣兒童文學，那我們的臺灣兒童文學史心胸未免太狹隘。邱各容長期投入心力蒐集臺灣兒童文學史料，精神可佩，〈日治時期臺灣兒童文學勾微〉一文便是他有感於當前臺灣兒童文學研究存在的缺口，努力補缺。不過該文中尚遺漏未談一本重要的專著，即片岡巖《臺灣風俗誌》。

　　大正10年（1921）2月，臺南地方法院檢查局通譯官片岡巖戮力完成《臺灣風俗誌》，由臺灣日日新報社出版。這本書搜羅了臺灣人食衣住行育樂各種習俗民風，可一窺早期臺灣人的社會生活風貌。該書也記錄了臺灣的兒歌、兒童遊戲、小兒謎、童話等內容，是極珍貴的兒童文學文獻。舉例來說，「隱國雞」（即捉迷藏）這個遊戲，片岡巖詳載細節說，先用猜拳決定作雞的孩子，再用猜拳決定雞哥主，然後雞哥主用布蒙住雞眼，放開躲避之前要唸下面的童謠：

> 隱國雞，走白蛋；雖汝食，雖汝蛋；放國雞仔，去尋蛋；尋若著，
> 放汝去；尋若著，放汝去；尋無著，卒竹莉。

　　我們今日看孩子們玩捉迷藏，已不聞這首童謠，因此《臺灣風俗誌》留下的記錄，會讓人懷想舊日樸拙古雅的童趣。此書裡收錄了十四篇「童話」，雖標榜是「童話」，但若依「為兒童設計的一種超越時空的想像性故事」的現代觀點檢驗，僅有〈醜婦變美女〉、〈小人島〉、〈大人島〉、〈和尚變蛤蟆〉、〈虎姑婆〉五篇合乎標準，其他多屬民間故事，或像〈小兒與孔子〉寫孔子和弟子御車出遊，途中遇一群嬉戲的孩童，唯有一人在旁未參與，孔子好奇相問，乃與童子展開一段頗有深度的哲學論辯，引發孔子「後

生可畏」的歡喜讚嘆後，才登車離去。這根本不能算是童話，而是歷史故事而已。雖然《臺灣風俗誌》的童話純度不齊，對於瞭解早期臺灣兒童間流傳的童話、故事，仍具有參考價值。

　　留心日治時期臺灣的成人文學報刊雜誌裡，也有兒童文學作品可尋。如創刊於昭和10年（1935）5月9日，發刊辭標榜「文宜共賞，德必有隣，雅俗同流。」的《風月報》，守住了日治時漢語的最後一片天地，第五十五期佚名寫的〈虎姑婆〉：

> 南俗，小兒女夜嬉不睡，恆嚇之曰：虎姑婆來。謂昔日有兩姊妹，睡於床，母夜出，忽有老婦入室，登床同睡。姊問何人？夜曰：「姑婆來。」家貧無燈，妹聞囓骨有聲，問姑婆食何物？曰：「食炒豆。」須臾之間，其母歸，有老虎躍出，床上兩女皆亡，惟見殘骨濃血而已。吾臺無虎，此語或由漳泉傳來者。

　　此文雖然以文言寫成，但是末句點出虎姑婆的故事是漢人渡海來臺同時傳來的民間童話故事，可以想見當時應該還有許多故事在流傳。此文還不算原創，1939年2月第79期木口〈筆的話〉就有原創寓言的趣味了：

> 筆氏弟兄，一天相見，便大家自誇起來。
> 筆大說：「我是做小說的，何等聰明，決非尋常上帳折字可比，一刊出來，可以叫許多讀者傾倒。」
> 筆二道：「不行！我是理事先生簽字的筆，祇要我不簽字，做小說的人就拿不到稿費，你的主人祇好餓死了！」
> 筆三道：「就是拿了稿費，刊了出來，我這枝做廣告的筆，

如果一句也不提這一篇作品，憑你本領怎樣大，也沒有人會注重你這篇小說的呀！」

筆大聽了，十分生氣，氣得變成禿筆了。

《風月報》的「笑林」專欄也常見以兒童為主人翁的笑話出現，童言童語很得兒童文學之趣。1933年4月號《文藝臺灣》則有一篇池田敏雄撰寫的〈虎姑婆〉，對這個童話下了一番功夫考究根源，他支持此故事是二百五十年前福建移民帶來的說法，也認為臺灣不產虎，虎這一猛獸是鄭成功時期引進的，並將〈虎姑婆〉與西方經典童話〈小紅帽〉、〈七隻小羊〉相提並論，肯定它們饒富興味。又如大正9年（1920）12月28日《臺灣日日新報》刊載高森春月〈オトキバナツ魔法の鼠〉、1934年11月號《臺灣文藝》有日高紅椿的童謠……凡此皆表明了日治時期臺灣已有一批兒童文學先鋒部隊在墾拓了。

從日治追溯更遠的清代，《臺海使槎錄》是1722年巡臺御史黃叔璥來臺的見聞，遍記平埔族各社歌謠，記錄方式用漢字記音，再以漢語釋義，這是平埔族最早的文學資料。其中一首北路諸羅山打貓社番童夜遊歌，既算是童謠，當然是臺灣兒童文學不可遺漏的一部分。

因此臺灣兒童文學若還停留在以1945年為發展開端，再不談日治時期，甚至清代那些非現代中文寫作的作品或口述資料，那我們的兒童文學史應該只叫《臺灣現代兒童文學史》才對，少了「現代」一詞，問題便叢生不可不慎，我的異議便在此。

——原刊《國語日報》兒童文學版，2004年7月18日、7月25日

臺灣兒童文學的烏托邦幻想世界

　　「烏托邦」（Utopia）一詞最早見於西元1516年英國作家托馬斯・莫爾（Sir Thomas More）以拉丁文所寫的一部小說。小說假設世界上有一個叫「烏托邦」的島，島上的種種制度，人民所生活的方式，都是完全理想完美的，這正是人類嚮往的地方。

　　再溯自古希臘哲學家柏拉圖（Platon）的著作《理想國》提出「理想國」的構想，認為完美的城邦為了尋找正義的本質，必須由心靈最健全的哲學家領導治理，才能抵達真實的理型世界，使城邦裡的人民獲得智慧、勇敢、節制和正義四種美德與幸福。「理想國」可以視為烏托邦所本的藍圖，甚至《聖經》裡的伊甸園，應該也給予莫爾一些靈感啟示。而在中國也有陶淵明寫的《桃花源記》可相互輝映。源自印度的佛教闡述的涅槃彼岸，從修行裡超越現實抵達，得到身心的解脫與安頓。凡此都說明了人類文明演化，從漁獵到農耕，再變成工業科技掛帥，進步的同時，也是破壞的開始；所以敏感的哲學家、文學藝術家，自然會思索起非現實世界存在的可能了。

　　兒童文學本具幻想的特質，為了向孩子傳遞善美理想的世界，作家們更是經常在構築烏托邦世界，因此烏托邦更彷彿是兒童文學作家創作時的一種信仰所求。臺灣兒童文學的發展雖然比起歐美日等地晚些，但在一代又一代作家的勤耕下，卻也收成了一些具有深義的作品，勾勒著烏托邦式的理型世界，期盼到達或回歸。

　　例如鄭清文的《天燈・母親》（2000）宛如一部歷史紀錄片，

重映作家童年所處的天真無染，與心相映的農村社會，人心皎如月，人與人與物的情分牽纏，往復的清純世界，雲雀的歌聲底，盡是對人間美好的頌歌。

張嘉驊的《我愛藍樹林》（2001）說世上最美的藍樹林，魚會在樹林間自在悠游，給女主人翁無限憧憬。這一闋童話幻想曲，讓美從平面畫中立體起來。

同樣以幻想為基調的張友漁《迷霧幻想湖》（2006），小頭目優瑪生活的卡嘟里部落，儼然絕美境地，有自然萬物升格的靈體庇佑；但對「奶奶」（此文本中的奶奶指的是姨婆）而言，以前的世界更是漂亮的人間仙境。父親沙書優的失蹤，在搜尋父親的過程裡，她和族人在尋找的已不單是一個人，而是一個漸失落的文化，一個以前的美好世界。

當然，烏托邦世界也不僅止於空間上的優美勝地，它更可能是重省現世的紊亂社會秩序後的跳脫與心理重整，面向衝突的一種解決管道，是中古世紀以後人類揚棄神的意志，回歸人本，以主體自身做為唯一的意志後的自我救贖。

華霞菱的《娃娃城》（1971）用兒童的眼光，有如扮家家酒遊戲般的造出一座「娃娃城」，「娃娃城」乍看之下只不過是一座現代生活機能齊備的城市，可是既然是兒童心中嚮往的模樣，就透露出現實的不足。比方「娃娃城」沒有任何汙染，河川清澈無垃圾淤塞，不會引發水患，這種成人也常掛在嘴邊要改善的事件未落實，遂讓「娃娃城」多了幾分虛幻特質，其實是很諷刺的。

謝冰瑩的《林琳》（1974）描寫的女孩林琳，是典型的「苦女」角色，生活困苦卻又勵志向上，孝順能吃苦終致獲得社會的關懷協助，當她說出：「這世界太美了！溫暖的同情，是多麼可愛啊！……」那是她一貫的健康樂觀，把之前承受社會的冷漠一筆勾

銷，可是把社會人情前後兩種態度做對比，我們不禁要感嘆充滿愛與同情的美麗世界，似乎不是既定存在的，而是要有事件浮出，平等公義的福祉才會遲來。換句話說，美麗的世界還是永無止盡的想望，也是作家悲憫的呼籲，期盼人們繼續把愛關照到更多像林琳一般的孩子與家庭。

呂紹澄的《小黑炭與比比》（1990）有清晰的環保概念，故事場景石城鎮旁的受汙染的山就叫「桃源山」，作者的思想用意不言可喻。牧羊犬比比和男孩小黑炭之間，不但是主人與寵物的關係，更暗喻著人類與自然和諧共生的模範象徵，比比在小黑炭家的出現，以及後來催發石城鎮民的生態意識，讓桃源山還復應有的純美，牠扮演著使者的角色，傳遞了和平的訊息。

期待和平共生的又如陳致元《Gugi Gugi》（2003）裡的鴨子和鱷魚，分屬不同族群物類，敵我的鴻溝跨越後，安逸和樂共存，沒有鬥爭的平靜生活，從外部到心理內部的安定需求，是可以虔信的烏托邦形式。

林佩蓉的《風與天使的故鄉》（2002）裡的小蒙母親生命尾聲的寫照，沒有哀傷，沒有遺憾，只是淡淡且從容地揮手告別。因為她相信世上存在一處天使的故鄉，「天使的故鄉就是我心中最美的地方」，合於心意所屬，從身體到心靈最後的安居地，尋常如一般農村鄉野，可是卻令她感到幸福。

哲也的《晶晶的桃花源記》（2004）直接嫁接在陶淵明的故事主幹，再新生出枝葉，迷困桃花林裡的女孩晶晶，在此異世界中逐一找回自己遺失的東西，有形與無形值得珍惜的價值與回憶重新充盈生命後，回到現實，她當下便能感知前所未有的幸福。

以上若干臺灣兒童文學作品呈現的烏托邦幻想，每個作家描繪的幻想世界模樣，或許同中有異，實現成就的方式也不盡相同，但

作家傾慕人事美好的心情應該是相似的；再將這些被建構出來的烏托邦世界和現實世界對照，我們發現戰爭、天災、核子武器、病毒傳染、貧窮饑餓、宗教種族對立、地球臭氧破洞、溫室效應⋯⋯等威脅依舊普遍存在地球各角落，人類社會再怎麼文明進化仍有抵抗不了的脆弱性，永不存在的烏托邦便成為一種心靈的安慰與寄託，還能給予人類勇氣繼續生活下去。

　　換言之，烏托邦思想背後，是人類現實中某種匱乏的心理折射，它會有機的與時代呼應結合，不斷生長形塑出人類努力的目標。卡爾‧曼海姆在（Karl Mannhein）《意識形態與烏托邦》也觀察到：「充滿願望的思考總是出現在人類的事務中。當想像力不能在現實中取得滿足時，它便尋求躲避於用願望建成的象牙塔。神話、仙女的傳說、宗教對彼岸世界的許諾、人本主義的幻想、旅行傳奇，一直在不斷改變著對實際生活所缺少東西的表達。」不過，若說人們一直寄居在烏托邦想像的象牙塔又不盡公平，至少文學作品裡作家良心反應了烏托邦世界同時，其實也是在召喚人從象牙塔走出去實踐吧！

　　對我們寵愛的人間小孩而言，兒童文學裡的烏托邦世界，其完好的象徵，若能滋養他們的心靈，賦予他們追尋的動力與智慧，那麼守護這個地球未完全毀滅的淨土樂園的責任，將是地球村全人類必須共同肩負的責任，而不僅是兒童文學作家的職責了。

──原刊《國語日報》兒童文學版，2006年10月8日

守望明天：
當代臺灣童詩的烏托邦想像

一、前言

　　童詩在當代臺灣兒童文學各種文類中，可說是最被漠視，出版與創作都凋零蕭條多時。不過從二十一世紀這十多年來極少數的童詩集觀察，值得欣慰的是臺灣童詩創作的美學內涵與關懷面向猶在拓展，奠基於楊喚、林良、林鍾隆、林煥彰、趙天儀、舒蘭、詹冰、林武憲……等前輩遺留的基礎，後進者在凋零蕭條中筆耕搖曳出一方可觀的新風景。

　　若以主題探索，本文擬就「烏托邦」這個概念來細究一些童詩，因為烏托邦的想像在當代持續被重視，明顯反映出高度文明科技發展之後，地球生態破壞，天然災害頻繁，甚至還有世界末日的恐怖預言籠罩，加上諸多國家社會中仍普遍存有的貧富差距、階級鬥爭、社會正義不彰等情事，人們遂亟欲尋求一處使身心安頓的所在，從現狀困擾中脫離。

　　卡爾・曼海姆（Karl Mannheim）在《意識形態與烏托邦》一書指出：「我們把所有超越環境的思想（不僅僅是願望的投入）都看作是烏托邦，這些思想無論如何具有改變現存歷史－社會秩序的作用。」當人處於恐懼不安中，有的人選擇無奈接受，照常過日子；但另有一些人則是會積極的作改變，例如「樂活」、「慢活」、

「清貧」、「有機無毒」、「土地倫理」……等思維就不斷被提出奉為新生活型態，希望借助觀念改造到身體力行阻止地球生態的崩解毀滅，尋求與天地萬物和諧共生。從生存空間的維護或改變，進而再到制度層面的變革實踐，這正是曼海姆繼續補充的觀點：「只有當個人的烏托邦觀念抓住了已存在於社會潮流並且表達了它們的願望，只有當它以這種形式又轉而成為整個群體的觀點，並被其轉變為行動時，現存秩序才受到爭取另一種存在秩序的挑戰。」

　　文學作為思想的載具，回到當代臺灣童詩創作來看，有意識的創作者，免不了也要為孩子勾勒一個烏托邦世界，不管是美麗連篇的淨土想像，或帶著批判眼光的期盼，守望明天的心，最終還是以尋找安身立命的所在為依歸。

二、守護家園土地的幸福美好

　　臺灣，曾經被葡萄牙人讚頌為「福爾摩沙」，意喻美麗的島嶼。然而，如同二〇一三年臺灣當年賣座冠軍的紀錄片《看見臺灣》赤裸裸揭露我們家園土地的傷口擴散，臺灣這美麗的島嶼迫切需要療傷還復美好。

　　面對殘破不堪的土地，蘇紹連寫〈我住的家〉就是一種直接的呼告：「這塊花園很美，蝴蝶你來住／這座湖水真清淨，魚兒你來住／這片草原很寬廣，蜻蜓你來住／這處樹林真幽靜，鳥兒你來住／我也愛我住的地方，深深的／深深的愛著／我的家在臺灣／是幸福的家啊／歡迎你來住」，這首詩裡沒有任何迂迴曲折的意象，很直白的告訴臺灣的孩子，家園的幸福需要無汙染的環境，才能花園美、湖水清淨、草原寬廣、樹林幽靜環境。

　　謝鴻文的〈有隻怪獸在我夢裡吃地球〉則採用反諷的手法敘述

說：「有隻怪獸在我夢裡吃地球／邊吃邊抱怨／空氣太汙濁／垃圾
很多／河水非常臭／後來怪獸生氣不吃了／好險／人類把地球變得
不好吃了」，這首詩裡用兒童的稚氣口吻在釋夢，最後一句看似在
苦笑慶幸，實則蘊含極深的批判與傷悲。

　　人類對自然的豪取掠奪，扮演著凌虐土地與萬物的征服者，
其後果就如白靈的〈□□在那裡〉所感嘆的，土地原生物種一個個
滅絕消失，僅能留存「在彩色的圖畫上／在寂寞的標本室內／在快
樂的卡通裡／在紀錄片的螢光幕上」，詩中的□□，刻意以空格表
示，讓讀者自行填入想像任何生物，同時人類殘酷不仁的嘴臉也從
那空格中膨漲充滿，浮現著醜惡的面貌。這首詩提出的反省，借引
土地倫理的觀點詮釋，如吳明益在《以書寫解放自然》一書說道：
「土地倫理的核心是『土地社群』（land community）的概念，亦
即土地（或自然）是由人類與其它動物、植物、土壤、水共同組成
的，人類只是社群中的一個成員，必須與其成員互賴共生。土地倫
理不僅肯定這些社群成員『繼續存在的權利』，並尊重其它社群成
員的內在價值。內在價值不再只是荒野保存論者『保護』的對象，
而是具有本然的、不可侵犯的生存權利。」

　　人與空間的優質或劣化互為因果影響牽連，當敬惜土地，與
萬物和諧共生的意識覺醒，是對抗土地繼續毀壞的起步，然後一點
點呵護土地的行動，就有一點點的希望孕生。例如七星潭的〈一點
點〉：

　　一點點種子

　　一點點泥土

　　一點點整理

　　一點點願望

一點點這個那個

一點點陽光

一點點雨水

一點點等待

然後

一朵小花！

這首詩的韻律輕快簡潔，連續八句都以相似句型開頭，一點一點的營造匯聚祈願的力量，最後等待一朵小花。一朵小花指涉一個美麗的象徵，一個希望的願景附生其中，有善良勤勞正直的心，成就這看似小小的行動，土地因花開而美好。

和〈一點點〉有異曲同功之妙的米雅〈希望〉，用更短的句子說：「把牙齒拔下來／新的就長出來／把地震縫起來／有縫痕的地方／長出花來」。像臺灣一九九九年九二一大地震這般的災難，造成的土地與百姓強大傷害固然是天災；但不容否認，人類對山林自然的濫墾濫伐，超限利用均是災害巨大之導因。因此，〈希望〉所祈祝的與其說是針對單一地震事件的復原，不如說是對土地能長久靜養生息欣榮的禱告。

三、創造世界和平靜美的夢土

在中國的儒家修身、齊家、治國、平天下的思想延續下，從個人小我到大我的關照，亦可見於臺灣當代童詩中，實實在在地體現創作者對世界大同、和平安祥的烏托邦想像。例如林世仁的〈地球花園〉將地球形容成「是一座大花園」，「好多農夫在上頭忙來忙去／小河唏哩嘩啦／種出一片一片大海／雨滴淅瀝淅瀝／種出一圈

一圈小湖／小鳥啣來種子／種出一棵一棵大樹／人類灑下磚瓦／種
出一棟一棟樓房／「加油！加油！要種得漂亮一點嘛！」／雲在天
空上／一邊幫大家打氣／一邊在地上／種出一朵一朵／美麗的雲影
子」，這首詩裡種植種子的意象可以和前述七星潭〈一點點〉互相
參照，種子都含蘊著人心底的希望與夢想。

　　林世仁是當代臺灣童詩創作與出版質量俱秀異出眾的佼佼者，
他喜用柔軟慈悲的心在看待世事萬物，抑或用顛覆常規邏輯的出奇
妙想貼近兒童審美心理，他的另一首〈世界大掃除〉，就同時表現
這兩種美學特徵：

> 來！每人一塊橡皮擦
>
> 一、二、三……開始
>
> 把「不乖」擦掉
>
> 把「不好」擦掉
>
> 把「不行」擦掉
>
> 把「不可以」擦掉
>
> 把所有生氣的眼睛擦掉
>
> 把所有搖頭的嘴巴擦掉
>
> 什麼都乖
>
> 什麼都好
>
> 什麼都行
>
> 什麼都可以
>
> 世界真乾淨！

　　雖然這首詩主要寫人，說要把人心的所有負面特質都擦掉；若
把詩的內在精神再思索，不難看出世界的乾淨，不管是物質現象層

面，或者精神形上層面，終究依繫於擁有善知良能的人才能辦到。

　　而隨著「地球村」、「全球化」這幾個關鍵字成為當代文化研究的重點方向，我們可以看出整個地球國與國的界線看似存在，實際上卻因種族血統的混合、語言多樣的學習、文化的兼容、傳播的流通逐漸消泯中。陳黎的〈地圖〉，從兒童的天真視野看世界地圖的交融，而有這樣的描寫：

> 我的世界地圖很複雜，也很簡單，
> 有陸塊，有海洋，
> 有大大小小的山、河、湖、島，
> 平原、盆地，
> 還有大大小小的國家。
>
> 最大的陸塊住著我的夢
> （它的名字就叫做夢之土），
> 那兒藏著小時候我偷埋的寶藏：
> 春天早上發現風的銀礦，
> 秋天午後遇見的葉的金礦，
> 還有忘不了的星，忘不了的蟲，
> 忘不了的媽媽的笑容。

　　這是兒童透過自我的想像，賦予地圖新的概念與形式，「夢之土」寄託了對世界純真無暇的完好渴望。牧也的〈夢〉也用淺顯的語言刻劃一個孩子的夢，夢中的那個地方，簡直是孩子心中的樂土，「考試／是小孩子最愛玩的捉迷藏」，光這個想望已教人心馳神往，作者還繼續寫下去說：

有一個地方

饑荒

都住進了麵包屋裡

病痛

都被送到天堂休息

而戰爭啊

全被做成小娃娃們

香甜的微笑

在那淺淺的酒渦中

用開懷的笑聲

寫成和平的音符

　　這個夢中所見的地方，實現了大同世界的理想，詩句平和，有
撫慰人心的力量；然而，表現各種烏托邦的想像容易，回返現實如
何落實執行便考驗著人們有多大的決心意志與智慧了。

四、結語

　　整合前文分析，不難看出當代臺灣童詩的烏托邦想像偏重在
空間的物質存有，對生活棲居其上的一切，設想出一個能夠和樂安
居、無憂無慮的所在，精神上得到的自在解脫，彷彿抵達佛教所指
的涅槃寂地。這當然是因為人本生活在物化世界中，越文明卻越焦
慮的現代人，積極尋求的生活意義，便會體現在烏托邦的想像中。
　　至於社會文化、法律制度這些非物質層面的烏托邦想像，成
人會有的嚮往，卻未必適用於兒童。道理很簡單，因為兒童身心認

知還在發展中，尚未完全社會化，兒童看待事物的心理特徵是傾向遊戲的、自由的；對兒童而言，何為意識框架、包袱，為何要打破某些不合理的意識框架、包袱，離兒童的心智期待尚遠，也不易理解。臺灣童詩詩人暫未觸及此面向的烏托邦想像，原因可歸於此。

不過，雖然兒童還比較無法理解非物質層面的烏托邦想像要建立變革的事因，也不代表就不能嘗試讓兒童學習思考瞭解。紀爾茲（Clifford Geertz）《The Interpretation of Cultures》主張：「檢視社會行動中的象徵面向，諸如：藝術、宗教、意識型態、科學、法律、道德、常識，並不是要逃離生活中存在的兩難困境，以進入某些去情緒化形式的玄虛領域；相反地，而是要將自己完全投入此困境中。」也就是說任何個體一旦浸潤在一個文化體系之中，和其他人共享文化，從被動接受到主動創造新文化形態，要想擺脫當下困境，重賦意義與價值，烏托邦的想像形成，再用曼海姆的話來說，其精神就是一種通過我們全身並通過我們表現出來的力量；是那個「彼岸世界」被吸收到我們的道德良知時，它激發著我們。所以將來若有人寫出這部分的烏托邦想像亦是可期待的。

自有兒童文學以來，兒童文學天生具有理想性格，想為兒童傳達真善美，前引這些臺灣童詩，一方面在描繪一個烏托邦想像的世界，另一方面試圖在為兒童的智識、道德啟蒙作努力，希冀透過語言的藝術這溫柔感性的表達形式，完成審美的救贖。

──原發表於韓國昌原第十二屆亞洲兒童文學大會

暨第三屆世界兒童文學大會，2014年8月

臺灣童詩的沒落與未來復興的反思

一、臺灣童詩的冬天來臨

　　進入21世紀，當前臺灣兒童文學的創作與出版，雖然較上個世紀更進步熱絡，可是各文類的發展並不均衡，市場主流，以圖畫書和童話為主。其次是少年小說，但少年小說又以外國翻譯佔大宗，屬於臺灣本土創作的數量還難相提並論。

　　至於兒歌、童詩、散文等其他文類，普遍有發展停滯受限或衰退沒落的情景，其中又以童詩最蕭條。

　　新世紀以來，臺灣童詩的出版量銳減，許多童詩是靠地方政府文化局才有出版機會，例如李益維《遠足》、林仙龍《風箏要回家》、謝鴻文《失眠的山》等；另外也有像康逸藍《臭豆腐，愛跳舞》是靠私人或團體贊助獲得經費支援才出版的。然而這些童詩集受限於發行量有限，通常也不再版，傳播不夠普遍。

　　比較重要的數本童詩皆由民生報社出版，例如林世仁《地球花園》和《宇宙呼拉圈》、牧也《野薑花的婚禮》、子魚《為天量身高》、林煥彰《花和蝴蝶》。然而，民生報社結束營業之後，偶有童詩發行的僅見於聯經出版社的林茵《詩精靈的化妝舞會》、蘇善《童詩跳格子》、牧也《野薑花的婚禮》；小魯出版的山鷹《星空動物園》；幼獅出版的王淑芬《童詩，想明白：一起讀、一起想、一起寫的詩集》；其他出版社雖也有王素涼《木棉樹的喜宴》、蔡

季男《蟬兒吹牛的季節》、林世仁《文・字・森・林・海》等童詩出版，卻只是零星點綴，難成一片壯麗的風景線。有計畫性的規劃童詩書系幾不可見，或沒有規劃書系但願意長期支持童詩出版的出版社也越來越稀有。

再則，新世紀以降的童詩，像羅青《螢火蟲》、方素珍《明天要遠足》、詹冰《誰在黑板上寫ㄅㄆㄇ》、林煥彰《我愛青蛙呱呱呱》、楊喚《楊喚詩選》等皆屬於舊作再版重出，若把這些作品剔除，新世紀臺灣的童詩簡直是一片寒冬冷寂的景象，頗有乏人問津之感。

二、回想臺灣童詩的繁榮

臺灣童詩曾有一段輝煌燦爛的時期，臺灣兒童文學史的研究者普遍認為是1970至1980年之間。

昔日蓬勃的榮景有一股助力來自於小學教師，1971年10月，當時任教於屏東縣仙吉國小的黃基博，在趙天儀擔任主編的成人詩刊《笠》詩刊第45期開闢「兒童詩園」專欄，引介他指導學生的詩作，一首首小巧玲瓏的童詩，有這樣一位園丁般勤於呵護關照的老師努力下，一時蔚為風潮，許多小學老師起而效尤。與黃基博齊名的如苗栗縣海寶國小的杜榮琛，亦是指導兒童寫作童詩投入甚深的一位小學老師。

或許是受《笠》詩刊專欄影響，不久《秋水》、《葡萄園》、《草根》等成人詩刊亦可見童詩蹤影，接著1977年4月，由林鍾隆等人創辦的《月光光》創刊，此乃臺灣第一本兒童詩刊，自此宣告臺灣童詩擺脫依附成人詩刊的從屬地位，可以更理直氣壯的發聲，不僅對童詩發展，甚至對臺灣兒童文學重要性都不言可喻。

　　《月光光》綻放的光芒，旋即照亮了《大雨》、《風箏》、
《布穀鳥》、《滿天星》等兒童詩刊出版的路，童詩創作、出版、
評論俱能順利推展向前。

　　另一個影響深遠的事件是1974年4月，「洪建全兒童文學獎」的
設立，這是臺灣第一個由民間單位自發性設立的兒童文學獎，設有
兒童詩歌類，獎勵了黃基博、林煥彰、方素珍、林武憲、何光明、
陳木城等人，所有得獎作品並結集出版，方素珍《明天要遠足》便
是1980年第六屆的得獎作品，她是洪建全兒童文學獎歷年得主中少
數作品還能被再版流傳的作者，這本她在兒童文學界的成名代表
作，三十多年來，既見證了她的成長，實也見證了臺灣童詩由盛而
衰的過程。

三、從繁榮到衰落

　　徐錦成《臺灣兒童詩理論批評史》曾言：「從一九七一到一九
八○年，這十年可說是臺灣兒童詩的『黃金十年』。跨進八○年代
後，兒童詩的寫作風潮便漸漸退燒了，連帶使得成人為兒童寫詩的
情況也進入盤整。」這話一點也不錯，臺灣童詩很可惜僅繁榮了十
年就衰落，衰落之快實在讓人錯愕與遺憾！

　　曾經大張旗鼓刊登童詩的成人詩刊，階段性任務告一段落後
便恢復本色，再無童詩專欄可見。而風行一時的兒童詩刊《月光
光》、《布穀鳥》、《滿天星》等，都已一一走入歷史。

　　童詩發表的空間萎縮，是臺灣童詩由盛轉衰的關鍵病因，而像
杜榮琛、黃基博這般充滿熱忱，且能長久持續推動童詩教學寫作的
小學教師越來越稀少，也是致命傷之一。至於出版社不再經常性的
力挺童詩出版，從現實層面考量，當然是讀者漠視，市場銷售不佳

所致；可是，從閱讀推廣的層面來說，以臺灣民間近十年興起的兒童閱讀推廣活動熱潮，為何鮮少人關注童詩、無法積極推展童詩閱讀？這絕對是一個值得省思的問題。

　　而這個問題的解答，並不完全是我們新世紀以來的童詩創作品質不佳，以林世仁為例，他的圖像詩集《文‧字‧森‧林‧海》，右翻頁橫寫的部分命名為「向右跌進詩海」，左翻頁直寫的部分命名為「左邊有座文字森林」，將中國文字圖像化的創意發揮得淋漓盡致，試看〈團結力量大〉：

　　　　　　魚魚魚魚魚魚魚
　　　　　魚魚魚魚魚魚魚魚魚魚魚魚魚
　　　　　魚魚魚魚魚魚魚魚魚魚魚魚魚魚魚　　　　　　　　　　魚
　　　　　魚魚魚魚魚魚魚魚魚魚魚魚魚魚魚魚　　　　　　　　魚魚
　　　　　魚魚魚魚魚魚魚魚魚魚魚魚魚魚魚魚　　　　　　魚魚魚
　　　　　魚魚魚魚魚魚魚魚魚魚魚魚魚魚魚　　　　魚魚魚魚魚
　鯊　　　　　魚魚魚魚魚魚魚魚魚魚魚魚魚魚魚魚魚魚魚魚魚
　　　魚魚魚魚魚魚魚魚魚魚魚魚魚魚魚魚魚魚魚魚魚
　　　　魚魚魚魚魚魚魚魚魚魚魚魚魚魚魚魚魚　魚魚魚魚
　　　　魚魚魚魚魚魚魚魚魚魚魚魚魚魚魚魚　　魚魚魚
　　　　　魚魚魚魚魚魚魚魚魚魚魚魚魚魚魚　　　魚魚
　　　　　　魚魚魚魚魚魚魚魚魚魚魚魚魚魚
　　　　　　　魚魚魚魚魚魚魚

　　　閱讀這本童詩完全如同經歷一場遊戲，處處充滿視覺之美、聲韻之趣，詩質一點也不差，理應引發廣大的閱讀及仿作迴響，可惜沒有。連《文‧字‧森‧林‧海》這麼有趣的童詩比起他的童話獲

得的共鳴仍少，更別提其他兒童詩人童詩不受寵的景況了。

四、等待下一個春天

　　若把臺灣童詩套上電影界的術語稱為「票房毒藥」，這個出版社、讀者心中的「票房毒藥」，何時可以起死回生，召喚下一個春天的到來呢？林世仁在2018年以《字的小詩》系列三冊：《字字小宇宙》、《字字看心情》、《字字有意思》獲得金鼎獎，但似乎也沒有為童詩的出版狀況帶來太多改變。

　　本文一方面觀察這種種困境，一方面也想為臺灣童詩未來的發展與復興，試著提出幾點反省與建言：（一）童詩創作人才的培育與發表空間要再擴展；（二）出版社需要重視出版童詩，並積極促銷推展童詩閱讀，謀求童詩閱讀的應用策略；（三）小學教科書宜多選入童詩，讓孩子接觸；（四）小學教師、閱讀推廣工作者必須時時進修童詩教學與創作的技巧，並重視帶領兒童閱讀童詩，導正閱讀偏食重圖畫書的情況；（五）讓童詩多元化、跨藝術形式的表現與創意推展；（六）由政府或民間團體舉辦童詩獎項，鼓勵創作；（七）學術界更重視童詩，促進提升它在兒童文學中的地位。以上七點建議，倘若有行動改變，那麼臺灣童詩的榮景或可再興，未來前景似乎還是樂觀可期的！

　　　　——原發表於日本東京第十一屆亞洲兒童文學大會，2012年8月

明月光華映照臺灣童詩的黃金年代
——《月光光》在臺灣兒童文學史的價值與意義

一、千禧年後回眸

千禧年後的臺灣兒童文學出版與創作，圖畫書（繪本）所占的比例越來越高，已嚴重壓縮其他文類的空間，尤其童詩（或者說詩歌，包括給幼兒讀的兒歌）更是完全成為邊陲弱勢文類。然而回顧臺灣兒童文學史，童詩曾經在1970年代燦爛輝煌過，興衰變化真讓人有此一時彼一時的喟嘆。

1970年代童詩為何會形成徐錦成《臺灣兒童詩理論批評史》所言的「黃金十年」，有一些前因我們還是要先釐清：日本大正七年（1918）7月，兒童雜誌《赤い鳥》創刊，開啟了日本的童謠運動，從第三卷起增添了「兒童創作童謠」的專欄，進而又鼓勵兒童為自己創作詩，大人為兒童創作詩，以「童心主義」做為一個藝術審美標準，即指詩人應以兒童天真的角度出發進行創作。日本童謠運動的二大旗手北原白秋和野口雨情，在1920年代曾先後來臺灣推廣創作童謠，響應日本政府為更積極推行「國語」，實施以唱歌、童謠的音樂教育，藉此讓臺灣語言完全「日語化」。

1945年戰後的臺灣，百廢待興，曾經熱絡的童謠教育與創作隨之沉默，但在《中央日報》的「兒童週刊」開始成為楊喚等人的童

詩發表舞臺，具有天才般光芒卻早逝的楊喚，他的童詩數量固然不多，深受綠原影響，甚至有抄襲嫌疑，但張雙英在《20世紀臺灣新詩史》仍肯定楊喚是「在臺灣新詩的詩人中，最早以『兒童』為詩歌作品的主要讀者」的詩人。換言之，楊喚有意識為兒童創作，他充滿童話幻想的童話詩，戰後迄今被接受傳播的十分深遠，經典地位難撼動，在臺灣兒童文學發展上確實占有一席之地。

　　戰後十多年，零星有一些童詩集出版，例如1967年4月蓉子的《童話城》，整體而言尚處於荒原未拓的景象。直到1971年10月，當時任教於屏東縣仙吉國小的黃基博，受主編趙天儀之邀在《笠》詩刊第45期開闢「兒童詩園」專欄，一位教育園丁呵護照顧的童詩幼苗，一個一個成長茁壯。或許是受《笠》詩刊專欄影響，不久《秋水》、《葡萄園》、《草根》等成人詩刊亦可見若干童詩現蹤。

　　另外如1971年板橋教師研習會開辦的「兒童讀物寫作班」，積極培育臺灣兒童文學創作的教師人才，以及1974年民間洪建全文教基金會創辦的「洪建全兒童文學獎」（設有兒童詩類獎）⋯⋯凡此種種都在為臺灣第一本兒童詩刊《月光光》誕生，鋪墊出良好豐沃的孕育背景。

二、《月光光》誕生與宣言

　　1977年4月4日兒童節，曾任板橋教師研習會「兒童讀物寫作班」指導老師的林鍾隆，邀集一群學生同好、文友共同創辦了《月光光》，並由林鍾隆擔任主編。創刊發起人包括黃基博、傅林統、林煥彰、許義宗、廖明進、蕭奇元、張榮輝、張水金、鄭石棟、張彥勳、林武憲、孔祥麟、曾妙容、馮輝岳、謝新福、黃郁文、顏炳耀、陳正治、馮俊明、藍祥雲、鄭發明、楊金泉、王萬清、楊真

砂、徐正平、范姜春枝、陳敦懿等人，其中傅林統、許義宗、廖明進、鄭石棟、馮輝岳、謝新福、徐正平和范姜春枝都是桃園人，地緣近，林鍾隆與他們亦師亦友，桃園兒童文學能蓬勃發展，成為謝鴻文《凝視臺灣兒童文學的重鎮——桃園縣兒童文學史》書中所言的「臺灣兒童文學重鎮」，當然也跟這群人的推動有很大的關係。

《月光光》創刊，自此臺灣童詩擺脫依附成人詩刊的附屬地位，有了自己專屬的平臺發聲，促進童詩發展是不可置疑的，在臺灣兒童文學史重要性顯得意義不凡。《月光光》創刊第1集（《月光光》是以集為單位）〈我們的話〉提出的主張說道：

> 我們中國是文化古國，我們中華民族是「詩的民族」；因此，我們的兒童，必須從小就能享受詩的歡樂。不然，我們感到沉痛的遺憾。……我們所期望的，只是讓孩子們有詩可讀，讓孩子們也能像成人一樣，能吟詩作樂，並以能作詩為自我高尚的樂趣。
>
> 我們不勉強兒童作詩，我們不強求沒有詩的心，唱出詩聲。我們深知，這不僅無益，而且有害。……我們要鼓舞孩子們，寫出內心深處的心聲，發為吟詠歌唱。

由此可見，《月光光》亟重視兒童的詩教，也期待給兒童閱讀的詩作，不管是兒童寫的、成人寫的，都能根植於中國古典詩學《毛詩序》中的「在心為志，發言為詩」的理念去實踐。

至於《月光光》的刊物名稱由來，引自客家人流傳的童謠〈月光光〉，創刊前幾集使用的封面，則是2016年年底過世的畫家賴傳鑑提供的版畫，賴傳鑑當時與林鍾隆都住在中壢白馬莊，是鄰居，賴傳鑑設計的畫面取自〈月光光〉常見的前幾句意象：「月光光，

秀才郎，騎白馬，過蓮塘。」在第1集還可以比對林鍾隆採訪了他楊梅同鄉林巫三妹女士，口述整理出來的一首〈月光光〉：

> 月光光，好種薑。
> 薑畢目，好種竹。
> 竹開花，好種瓜。
> 瓜未大，摘來賣。
> 賣到三個錢，
> 拿去學打綿。
> 綿線斷，學打磚。
> 磚斷截，學打鐵。
> 鐵生鹵，學殺豬。
> 豬會走，學殺狗。
> 狗會咬，學殺龜。
> 龜會梭，學殺鵝。

　　後面還有一首林鍾隆據此再改作的版本，由這樣的童謠採錄及改作，不難看出林鍾隆也是有意識的要和傳統接軌，並汲取傳統養分再創新，企圖開拓臺灣童詩的新氣象。

　　1980至1982年間，是《月光光》最鼎盛時期，同仁加贊助人超過八十多人。同仁中，多半有小學教師的身分，互相切磋詩藝之餘，更在教學現場投入精力指導學生創作童詩，從臺灣頭到臺灣尾，當時有好多學校的孩子大量寫童詩發表童詩蔚為風尚，如桃園縣新明國小、苗栗縣海寶國小、臺南縣新化國小、屏東縣仙吉國小等，寫作童詩風氣之盛，幾乎是全校人人皆是小詩人，允為奇觀與特色。

三、《月光光》內容特色概述

　　《月光光》從第1集起就確立了幾個單元:「詩話」、「我喜愛的詩」、「成人作品選」、「兒童作品選」和「外國兒童詩選譯」。

　　每一集刊頭「詩話」,幾乎都是林鍾隆執筆的評論,多半是圍繞童詩的創作與教學缺失的的議論,不斷反省提出林鍾隆個人的詩觀,也有引介日本童詩、拜訪日本兒童文學作家等報導。偶爾才有其他人執筆的評論,例如第20集是林美娥〈我教兒童詩〉、第71集是陳文和〈童詩是阮心中的最愛〉等。

　　「我喜愛的詩」,每一集會有幾位作家各自推薦分析一首自己喜愛的童詩(不分兒童或成人所寫),是作家展現自己詩觀的陳述,例如第1集立花貴子評介赤間真弓的〈樹〉、趙天儀評介綠原的〈弟弟呵　弟弟呵〉;第19集林鍾隆評介蒲かずお的〈夜なかに〉(〈半夜〉);第27集蔡榮勇評介楊傑美〈包心菜〉等。直到第50集之後,「我喜愛的詩」就不是每一集都刊出的專欄。

　　「成人作品選」,常有作品發表的有廖明進、林桐(傅林統)、馮輝岳、黃基博、林淑娟、褚乃瑛、思秋蘭、李國躍、蕭奇元、謝新福、林彩鳳、林美娥、鄭文山、蔡榮勇等上百人,大部分是月光光同仁,也有非月光光同仁,歷年總計發表1665首作品,刊出的詩作大部分是短詩,趙天儀第18集發表的〈小香魚旅行記〉是罕見的一百行長詩,把小香魚洄游中見到環境汙染的心聲娓娓細訴。林鍾隆個人於《月光光》曾用林外、林宴、林蘭、林容等數十個筆名及本名發表諸多詩作,而他的第二任夫人李玟臻,亦是受他指導開始在《月光光》以訴琴、李妍慧、李雨軒等筆名開始嶄露頭角。值得注意的是除了臺灣作者,《月光光》也曾在第46集刊過韓

國宣勇的童詩，第76集至78集，每一集各出現一位中國的作者，分別是寧珍志、王海龍、于宗信。《月光光》創刊一週年後，仿造日本許多同仁誌作法，創辦了「月光光兒童詩獎」，分成成人組和兒童組，評審從前一年刊登的作品中評選出得獎者，頒發獎狀與獎金獎勵，第一屆得獎者有黃基博〈換新裝〉、林煥彰〈媽媽不在家〉、馮輝岳〈綽號〉、林外〈早晨的歌〉、褚乃瑛〈蟋蟀〉、林美娥〈便當〉、陳雪英〈我的琴〉、李國躍〈妹妹我們回家去〉、林淑娟〈花瓶〉、馮俊明〈心裡的小狗〉、盧繼寶〈跳高〉、廖明進〈大溪豆干店〉、山郎〈那顆星〉、林外〈夜聲〉、勤子〈棉花糖〉；第二至十三屆的得獎者，除了第一屆的老面孔，尚包括：楊傑美、吳澤民、謝新福、詹冰、彭桂枝、鄧揚華、趙天儀、思秋蘭、范姜春之、杜榮琛、舒蘭、林建助、侯清欽、鄭文山、寧霞、李妍慧、周洋、蔡榮勇、蕭秀芳、陳文和等人，這些得獎者中，黃基博、林煥彰、詹冰、趙天儀、褚乃瑛、馮輝岳、杜榮琛、蔡榮勇、舒蘭等人，爾後更成為臺灣童詩創作的主力，尤其像林煥彰，迄今仍創作不懈，近年來在中國各地透過作品出版、演講，作品持續累積傳播影響力。

　　《月光光》所見的「兒童作品選」，總計4752首，其中不乏精采佳作。例如第11集大溪國小胡安妮的〈蛋〉：「這皮球不圓嘛！／也可以滾吧。／啊！／破了！／哈哈！／太陽／流出來了。」這首詩構思奇巧，分行斷句大膽直率，把一個二年級女孩天真爛漫的想像表現得淋漓盡致。又如第21集何麗美的〈酒〉：「年輕時的媽媽，／像一瓶酒；／爸爸嚐了一口，／就醉了。」這首可愛幽默的小詩如酒後勁強大，令人莞爾陶醉。不過，《月光光》中抄襲仿作的兒童作品也不少，例如第27集中張憶屏寫的〈酒〉，拷貝何麗美的作品，只有第二句寫成「像一瓶美酒」，其餘一字不改。這其實

也透露一個訊息，即《月光光》創刊幾年後已經發行寄發至全臺灣各小學，確實引發許多小學教師熱衷指導童詩寫作，但有些教師可能自身閱讀作品不夠，或急於讓學生作品露面，導致大量以仿作模式生產詩作，以林鍾隆對作品要求嚴格的態度，身為主編卻把關疏失就讓人有些不解。

也因為有感指導寫作兒童寫詩的教師增加，加上林鍾隆第一任夫人彭桂枝於1978年4月5日過世，《月光光》宣布設立「彭桂枝兒童詩指導紀念獎」鼓勵兒童詩教學指導有成的教師。林鍾隆寫的「彭桂枝兒童詩指導紀念獎」設置宣言說：「彭桂枝，不是一個詩人，雖寫過詩，作品極為有限，也未受人注意，但是，深受筆者對兒童詩愛好的影響，早在《月光光》未創刊前以前，即在她所執教的中壢市新明國小，指導兒童作詩，送往兒童月刊及笠詩刊上發表了不少小朋友的創作，到《月光光》創刊，每期都送來大批作品，每期都有她的學生的作品發表出來。在還沒有多少人從事兒童詩指導的時候，她就憑其一股熱誠，給兒童作詩的機會，指引他們，開導他們，可以說是兒童詩運動的一個開路先鋒。她只是默默的耕耘，從未宣揚自己的工作，因此，很少人知道她的努力，更沒有多少人知道她的成績。但是，她的成績，在《月光光》滿一週年，將一年來所發表的作品加以評選的時候，就鋒芒畢露，發出了萬丈光芒，使人敬佩，欽羨無以復加。」這段文字與其說是宣言，還不如說像一段悼念愛妻的情書，情深意切與惋惜，林鍾隆痛失一個賢內助、創作支柱，以及教學夥伴，傷慟之餘仍打起精神努力維繫辦好《月光光》和「彭桂枝兒童詩指導紀念獎」的工作，「彭桂枝兒童詩指導紀念獎」一共舉辦十二屆，獲肯定的教師有林彩鳳、洪月華、蔡榮勇、黃基博、林美娥、杜榮琛、馮俊明、劉丁財、陳義男、許玉蘭等23人。

　　「外國兒童詩選譯」則是《月光光》為臺灣和日本兒童文學
交流搭起的橋樑。林鍾隆經由《日本兒童文學》、《木曜首帖》、
《サイロ》、《小さい旗》、《銀鈴通信》等兒童文學刊物選譯了
很多日本兒童寫的詩，也因此結識眾多日本兒童文學作家或編輯，
包括：大久保テイ子、保坂登志子、重清良吉、水橋晉、長崎源之
助、窗道雄、谷克彥、安倍厚子、富久尾豐、西川夏代、阪田寬
夫、水上多世、高橋惠子、武鹿悅子等，除了大量引介翻譯他們
的作品，有時也會在《月光光》報導他們的動態或來信，例如第16
集刊出大久保テイ子來信，信中提及閱讀了《月光光》第14集的感
想，「很快樂，很感興味地讀了」，「孩子們的愛心、願望，真
正可愛而清瑩地歌詠出來了。」盡是溢美，字字是喜悅。又如第69
集，一口氣將阪田寬夫童詩集《倒數第一的心情》譯出十首，這樣
子耗費心力，熱切引介的例子屢見不鮮。

　　前述的富久尾豐，是1979年8月林鍾隆去札幌拜訪詩人谷克彥
時，由谷克彥介紹認識的，富久尾豐不僅是《サイロ》的編輯，同
時是版畫家，所以《月光光》第20集開始就常見到以他版畫作品為
封面。在那個臺灣和國際兒童文學交流不甚密切的年代，林鍾隆用
他個人和《月光光》的力量，踐行了很好的文化外交，得此之助，
也讓林鍾隆經常有作品翻譯成日文在日本兒童詩刊發表，或入選年
度少年詩選，在日本兒童文學界也有一些名聲。《月光光》結束
後，隔年林鍾隆另辦《臺灣兒童文學》，與日本的交流往來從未斷
絕，他在《臺灣兒童文學》第16集更自信的認為這本刊物「是代表
臺灣的的兒童文學刊物，國際友人，識與不識，都瞪大眼睛在看這
份刊物。」放眼今日臺灣兒童文學界，的確沒幾人能像林鍾隆這樣
毅力堅定地，以個人之力，恆久的建立和日本的兒童文學交流，也
沒幾個人能發出這般豪語了。

四、眺望日治時期的兒童文學

參照國立中央圖書館臺灣分館1980年編印的《日文臺灣資料目錄》可以對日治時期兒童文學出版略知一二，出版之外，前面提過日本殖民政府積極以童謠當作「國語」教育同化的便捷道路，影響所及臺灣童謠劇協會（1925）、臺中童謠劇協會（1925）、臺南童謠童話協會（1930）等團體紛紛成立，當時《臺灣日日新報》、《臺灣教育》等報刊雜誌遂跟進經常刊登童謠。《臺灣日日新報》的編輯宮尾進，從1925年3月至1930年5月間，臺灣小學校、公學校學生在《臺灣日日新報》、《パパヤ》（《木瓜》）、《トリカゴ》（《鳥籠》）等刊物上收集到3860多首童謠，再精選出720多首，於1930年編輯成《童謠傑作選集》一書，由臺灣藝術協會出版。

邱各容《臺灣近代兒童文學史》論及《童謠傑作選集》的童謠表示：「以臺灣風土為背景，為兒童特別矚目的優秀作品很多，其鄉土色彩與獨特韻律並容，富於感受性，完全呈現兒童赤裸的素樸心境。」也許正是那「以臺灣風土為背景」，先吸引了林鍾隆的注意，從詩人文友錦連那兒得知此書，林鍾隆對《童謠傑作選集》的喜愛，甚至曾撰文用「偉大」來形容：「這本1930年出版的書，是我出生那一年，比我早兩個月又五天問世的。我不曾知道有『他』的存在，當然也沒有機會與『他』為友，我一直不曾知道這一位『偉大』的『同年』的任何消息，但是，《月光光》才出刊第二期，『他』就來到我的書桌上了，我要再說一句：如果我沒有參與《月光光》的工作，我就不會有這個『感動』的收穫。」（見《兒童詩觀察》）

　　所以林鍾隆將感動化為行動，進一步從中再則選出臺灣籍小學生所寫的童謠，以「臺灣童謠傑作選集」為專欄名稱，翻譯刊登於《月光光》第3集起至22集（第13集未登），並按照天象、時令、自然、動物、家庭生活、生活用具等主題刊登。

　　林鍾隆挑選翻譯的《童謠傑作選集》中的童謠，在音韻和諧中朗讀起來，直心童趣也叮叮咚咚地流瀉而出，舉例來看：

　　　〈早晨的風〉
　　　高雄市第二公學校六年級蔡崇祈
　　　晨風　微微的　微微的
　　　　　吹拂著
　　　入睡的　孩子
　　　　　做夢了
　　　呼嚕　嚕嚕
　　　　　呼嚕嚕嚕嚕

　　　　　　　　　　　　　　──刊於《月光光》第 5 集

　　　〈秋暮〉
　　　新竹州中壢郡楊梅公學校四年級鄧鑑初
　　　黑牛　小牛

　　　哞！哞！
　　　在秋日靜靜的黃昏

　　　　　　　　　　　　　　──刊於《月光光》第 6 集

〈牛車〉

臺北州宜蘭公學校五年級林連茂

緩緩的　緩緩的

夜的腳步

也像拖車的牛

疲勞了似的……

　　但是林鍾隆在閱讀翻譯過程中也發現，《童謠傑作選集》不管日本或臺灣小學生所寫的內容，吟詠海洋的內容甚少，他遂在第7集〈要兒童作詩的一個理由〉憂心的發出「住在四面環海的臺灣，不關心海洋，是一個問題，而且是嚴重的問題。」的感嘆。

　　透過《月光光》，透過這些童謠，彷彿開了一扇窗，讓我們穿越時空，去眺望日治時期臺灣兒童文學的風景，感覺處處都有童謠朗誦聲在空氣中清脆流動，清新、樸拙、有趣也有韻味。日治時期童謠在臺灣推行的成果，有此可見一斑。

五、備受爭議的詩觀與評論

　　不可否認，《月光光》在林鍾隆的主導下，極富個人色彩；而他對於日本童詩、童謠的深愛，以及日本兒童文學作家們的詩觀也幾乎全盤接受，並內化成自己的詩觀。比方第23集〈幼兒的詩〉一文，林鍾隆說：「自北原白秋，把幼兒的語言，當成詩看待，並提倡這種教育運動以來，已過了半個世紀，到現在，對於『幼兒的言語中有詩』這事，仍然不關心的大人還是很多，而這個對於幼兒的人格形成有重要意義的事，不肯加以深切關注的幼兒教育有關人士之多，更令人覺得遺憾。」這就是典型的林鍾隆式批評，三言兩

語，簡潔明快痛揭弊病。

　　《月光光》每一集的「詩話」，大部分是林鍾隆執筆的批評，當中有不少文章引起熱議討論，皆肇因於他筆鋒銳利直接不留情面，即便對月光光同仁也如此嚴苛，恐怕是導致眾多同仁陸續出走的原因。

　　例如談指導童詩寫作之病，第6集〈兒童詩的課題〉指出一些成人的兒童詩，或者一些指導兒童寫詩的老師教出來的詩有問題，「問題出在他們教兒童詩與教兒童作文沒有分別，也就是讓兒童做文字表達能力的練習；有所不同的，只不過分行寫習而已。不曾明白地認識，作詩，應該在『心的呈現』上下功夫。」他看重「心的呈現」，第11集〈又一次驚異——談兒童作詩的必要〉也再重申：「兒童作詩，是『心靈』的自我探索，詩的表現，也就成了他們『心靈』的展現，可以使兒童的自我，在無感覺中，向老師吐露心聲；等於打開自己心靈的門或窗戶，使本來無光，一無所見的心靈，亮起來，讓老師驚異地瞧見那本來看不見的存在的事物。」所以林鍾隆反對只是用比喻想像作詩，不過他這把批評衡量的尺，有時也會檢驗出包，試看第72集余淑禎〈我的腳〉，比喻自己有四隻腳，兩隻是快樂的腳，兩隻是沉重的腳，要去遊玩時，快樂的腳就跳；要去補習時，沉重的腳就慢。這樣的比喻明顯邏輯不通不合常理，為何會被鼓勵刊登出來呢？

　　針對出版的童詩集與詩人的批評，砲火以第62集發表的〈詩和謠是該分家的時候了——兼評《童詩五家》〉最為猛烈。該文強調趣味的遊戲不是詩，認為林良、林武憲、林煥彰、杜榮琛、謝武彰合著的《童詩五家》呈現出把作謠當作詩，產生詩謠不分的大病，林鍾隆舉出該書作品逐一檢視，直言：

自稱「童詩五家」的童詩人的詩觀是很有問題的。林良說：「兒童詩的可愛，在它的短小、明朗、有味。尤其是『有味』，它是所有童詩作者無論醒著或入夢最該去摘取的星星。」他強調「有味」，而他的味是什麼，他又說「導引小讀者進入豐美的想像之境」，可以說，他的味，是想像的趣味。這是謠觀，不是詩觀。

　　林鍾隆往下繼續點名批判其他四人，說「林煥彰的詩觀太籠統，不值一提，而謝武彰更是『固執』的心寒。……在這樣錯誤的詩觀下，怎麼能寫出詩來呢？」「他們以謠的觀點去寫詩，寫出了些非謠非詩的東西，使人誤以為兒童詩就是像他們所寫的那種樣子的東西，這是誤導民眾的一種罪惡。」〈詩和謠是該分家的時候了——兼評《童詩五家》〉這篇評論可以說刀刀見骨見血，讓人看了心驚膽顫，他的初衷本意其實不難理解，是希望臺灣能學習日本將童謠、童詩區分清楚，用同樣嚴謹敬慎的態度去創作，提升作品的藝術品質，造福孩子的心靈；只是他的用詞過於直率辛辣，難怪徐錦成《臺灣兒童詩理論批評史》要說林鍾隆是「兒童文學界的『全才烏鴉』」，稱其「在臺灣兒童詩壇上，林鍾隆最勇於、勤於提出一些尖銳、深刻而又不失誠懇的逆耳忠言。」

　　平心而論，《月光光》裡刊出的作品，奇怪的是有的會刻意標註是童謠，有時也用兒歌，但更多時候，夾雜在詩林中，也不乏應是林鍾隆認為是謠的作品，這又該如何解釋他的矛盾呢？林鍾隆單一而執著的詩觀，某些人看來或許不認同，他自己也很清楚，所以才會在第57集〈教詩的呼籲〉語重心長道出：「為了討論兒童詩，得罪了不少人，得罪了朋友，也得罪了現在不識，將來可能成為朋友的人，這是很划不來的事。可是，為了學術，不能為了人情，收

藏起良知。特別是對影響文風的人和現象，不能不加以批評，憑學
術的良知，把良心話說出來。」確實，在林鍾隆之後，臺灣再沒有
人可以如此勇敢無懼的批評童詩，建構自己的詩學理念；或者也可
以說，臺灣從此沒有人能這麼熱烈投入討論童詩，引發童詩的創作
思考了。

六、《月光光》的結束與影響

　　時間來到1985年，林鍾隆在《月光光》第51集〈感慨和期望〉
告知：「指導創作兒童詩的熱火，火焰已漸漸微弱，亟需再來一陣
風煽旺它。……投來的稿子，數目減少了，質也差了，無法突破現
狀，難見有新鮮感的作品。……成人詩比兒童詩更低迷，譯刊幾首
日本年度選中的詩，希望能激起本國童詩人的奮發，超越自己，為
我們的兒童創作更有深度，不但能帶給兒童悅樂、感動，更能帶引
他們成長的傑作。」這段話實已透露出臺灣童詩發展到了瓶頸，也
為《月光光》不久將來停刊敲下警鐘。

　　《月光光》在第61集起，轉型改名《月光光兒童文學》，開始
容納更多元的兒童文學作品，不再侷限童詩，至1990年11月第78集
終了結束。短暫休生養息後，隔年的2月，林鍾隆再辦《臺灣兒童文
學》直到他逝世前為止。《臺灣兒童文學》依舊採同仁制，可是同
仁寥寥可數，景況非《月光光》時期可比擬，更加深《臺灣兒童文
學》如一人刊物的形象。

　　《月光光》創刊之後，掀起的童詩教學、寫作、研究的風潮，
照亮了《大雨》、《風箏》、《布穀鳥兒童詩學》、《滿天星》、
《海洋兒童文學》等兒童刊物出版的路，在那短短幾年中陸續湧
現，有的如《布穀鳥兒童詩學》是純詩刊，有的如《海洋兒童文

學》兼容並蓄各文類，但這些刊物多半短命，本來最被看好的《布穀鳥兒童詩學》，同仁加贊助一度多達三百人以上，卻也在第14期後無預警停刊。1987年9月創刊的《滿天星》是時2000年後還存在的一份刊物，但幾十年來幾度易主發行，2017年初臺灣兒童文學協會宣告第88期出版後停刊，《滿天星》最初發起人之一的洪中周懷抱使命感再接手，恢復同仁誌的作法獨立發行《滿天星兒童文學》，但以目前臺灣兒童文學的生態與市場接受而言，這份刊物欠缺經營策略，編輯印刷也簡陋落伍，加上洪中周對他人投稿品質嚴格要求，雖然留下較佳的作品，可是對鼓勵與開拓新人寫作空間相對不足，導致每一期稿源不夠，演變成洪中周一人刊登多稿的尷尬窘境，當然不利永續生存。《滿天星兒童文學》終在2019年9月第99期出刊之後也宣告停刊。

趙天儀〈兒童詩的回顧與展望〉（見《文學界》第7集，1983年8月）評論道：「自《月光光》創刊以來，兒童詩的發展與推廣，便有了自己的園地，也可以說是建立了兒童詩本身的詩壇，成立了自己發展的根據地，也形成了兒童詩本身鳥瞰的瞭望臺，擺脫了附屬於其他報章雜誌上的從屬地位，也等於取得了兒童詩發言的廣播站。」《月光光》的價值於此彰顯。

《月光光》結束的時間點也象徵臺灣兒童詩發展的高峰終止了，從此臺灣的兒童詩發展漸趨沒落，迄今還是等待甦醒的狀態。當年《月光光》的同仁，絕大多數失去了舞臺已筆耕停歇，或者轉戰寫作其他文類，黃基博、傅林統、林煥彰、林武憲、馮輝岳、黃郁文、陳正治等人還屹立不搖的堅定為孩子寫作，精神可佩！

當前臺灣兒童文學由圖畫書撐起半片天，已很難再見小學裡有教師熱情教導童詩寫作，童詩閱讀相關活動也罕見，每年童詩出版量越來越稀少，童詩能發表的空間也僅剩《國語日報》、《國語

日報週刊》、《未來兒童》、《幼獅少年》、《火金姑》等刊物，
可是每天或每期能容量的作品量十分有限，通常只有一首。近年來
仍有穩定童詩集可出版曝光的僅剩林煥彰、林世仁少數幾位，現在
讀者談臺灣的兒童詩人，普遍還是會聯想到楊喚這幾位已作古的前
輩，繼續這樣發展下去絕非好現象。

　　《月光光》雖然走入歷史，《月光光》在臺灣兒童文學上映照
的光芒不會被磨滅，它讓我們懷想臺灣童詩曾有的榮景，留下許多
優秀的童詩，豐富了臺灣兒童文學創作，更拓展我們的視野，看見
日本童詩、童謠的風貌，文化交流有功肯定要記上一筆。

——原刊《文訊》第381期，2017年7月

經典陌生化
──臺灣兒童文學閱讀、出版的一個怪象

一、經典的價值

　　一部文學經典的形成，經過歷史時間淘洗汰換，最後被讀者、批評家的審美意識決定下建構出。經典有可能是某一區域某一時代的產物，但更可能是跨時代、跨語言、跨國界的人類共同文化資產。

　　作為一個獨立的文類，兒童文學當然也有已普遍被認定的經典，其永恆善美的價值，甚至可以贏得成人兒童的共同喜愛。本文不擬就何書適為經典做辯論，而想探討臺灣閱讀、出版的一個怪象──即經典陌生化。

　　源自俄國形式主義的「陌生化」理論，認為文學必須透過文字，將外在事物陌生化。透過陌生化，我們對外在事相的感知，便如初生嬰兒乍見世界一般，一切都是新鮮的、珍貴的、好奇可探索的。如此一來，成人才能打破習以為常的舊習，開啟感官新的刺激。本文所指的陌生化，則是一種疏離，不熟悉導致的一知半解，甚至誤解；那麼，為何會有經典陌生化的現象？不是沒有經典可讀，而是經典的存在不嘩眾取寵，不適應現代的閱讀品味，抑或其價值被消解模糊。

　　少了經典所有的閱讀都是不夠厚實的。前世代的經典，就像沃腴的土壤，孕育後生的文學，很少作家敢宣稱自己沒有受過任何一

部經典作品的影響，中國兒童文學作家曹文軒說：「閱讀經典有一
種宗教情緒在裡面。」也是北京大學教授的曹文軒用仰視的崇敬姿
態在看經典，賦予其神聖莊嚴性。這種形上的莊嚴性，感之則沛然
莫之能禦。曹文軒既濡染於中國古典文學經典，這也是為什麼他的
小說裡處處有天地大美的感懷，有詩詞的含蓄抒情，有神韻性靈的
追求之主因。

　　然而當前臺灣兒童文學的閱讀、出版，卻將經典拋棄不顧，就
算有選擇部分經典出版，卻又常見找二三流寫手或編輯任意刪減，
隨意出版，這毋寧是讓人憂慮的。一種只看眼前當下，又不斷幻想
未來，喜新厭舊的功利心態，和歷史過去斷裂，把傳統和現代二元
對立，自以為是的用保守／進步象徵做詮釋，並未真正體認經典仍
在的不朽特質。

二、偏執的現象

　　1990年代，威權政治的結束，民主改革開放重構了臺灣的社會
體制與文化。臺灣兒童文學一方面本土意識抬頭，相關出版品湧
現，另一方面則是和國際接軌交流，大量圖畫書引入且逐漸風行。

　　2000年，當時的教育部長登高一呼推動兒童閱讀，瞬間全國小
學、社區總動員，花招頻出想為下一代的「閱讀貧血症」下猛藥治
療，處處可見「故事媽媽」這樣新的文化推廣工作者出現，帶著圖
畫書走天下，用圖畫書引領孩子走進兒童文學之門。

　　近幾年我也在政府公部門（文化局）、民間組織、學校、社區
裡帶領兒童讀書會等活動，或擔任閱讀種子師資的培訓，的確發現
新一代兒童閱讀與書寫能力正在下降，圖文並茂的圖畫書的確是啟
動閱讀興趣的絕佳媒材；但是進入中年級以後，許多老師、家長、

故事媽媽對於該給兒童閱讀什麼，卻常有無從選擇閱讀材料的困擾。這一方面是他們自身閱讀受限，另一方面則是對兒童文學認識不足，對兒童身心發展認不夠，以致此階段仍倚賴圖畫書為閱讀主材料時，就不得不令人憂心了。

當兒童跨過某個階段，閱讀的品質內涵應該提升，圖畫書實已無法滿足，重拾經典才是正途。

但臺灣對兒童文學經典普遍呈現陌生、漠視的態度，走進任一家書店或圖書館，也許中國古典的《西遊記》、英國的《愛麗絲夢遊仙境》、美國的《湯姆歷險記》、義大利的《皮諾丘》……等書都還在，不過常被放在不起眼的位置，除非有新的插圖或包裝，否則閱讀流通的機率也較小。

分析起來有幾個原因，因為這些名著多半被改編過卡通動畫，原作相較之下就不受人注意了，或者說讀過完整版而非刪減版的也不多。其次，這些名著在臺灣版本甚多，可是多數都被出版社以低成本粗糙爛製，改編這些經典的態度甚粗暴隨便，有些甚至刪修節選過度使原作幾乎支離破碎，若改寫者文筆不佳又不夠用心忠於原著，這些經典當然令人不忍卒讀了！

臺灣出版社面對經典，很少有像遠流出版社1999年出版由葉君健從丹麥文直接翻譯四巨冊《安徒生故事全集》，完整收錄安徒生一百六十四篇作品，譯筆忠實，簡潔雅深，註解詳實，頗能傳遞出安徒生的宗教情懷與人道精神。不過這套厚重的書，若非學院的研究者，一般讀者恐怕是不會碰的！

連書都不碰，更遑論對作家的瞭解。C.S.路易斯（C. S. Lewis）這位英國的文學權威，創造出奇幻納尼亞王國，《獅子‧女巫‧魔衣櫥》如果不是後來有好萊塢電影的強力宣傳，臺灣兒童又有幾人主動讀過呢？

　　瑞典的林格倫（Astrid Lindgren），她幽默有趣的《長襪子皮皮》系列、《屋頂上的小飛人》等故事，在瑞典成了一代又一代孩子的記憶，綁著紅辮子，滿臉雀斑的皮皮，她的淘氣機伶，深入瑞典人的心。再反觀臺灣，我們可曾如此禮遇一部自己本土的經典，讓它的人物形象被世世代代傳頌記憶？

　　於是我們不免要想，臺灣的兒童文學經典在哪裡？文建會和臺東大學兒童文學研究所1999年曾舉辦過一次「臺灣兒童文學一百」的活動，評選出1945年至1998年間的經典童書一百本，但知道的人並不多。即使有人想去搜尋這一百本書，勢必面臨挫折。因為這一百本書絕大多數都已絕版，圖書館也未必能找尋到。

　　然而，這一百本書中卻不乏富有臺灣風情，可以世代傳承的經典。例如林鍾隆《阿輝的心》，對1950年代民生世態的刻劃，對少年勵志成長的關懷，充分流露一個兒童文學作家的大愛。又如鍾肇政《魯冰花》，對迂腐教育體系及思想箝制的批判，也是多虧電影之助，才能被提及。「臺灣兒童文學一百」更多如星辰被烏雲隱蔽的作品，民間若無力再出版，那麼公部門是否可以著力呢？

　　如果我們稍具歷史感，撇除政治意識對峙的緊張，願意不否認臺灣兒童文學與中國兒童文學的牽連影響，那麼1949年以前，冰心文字清麗，感情濃郁的《寄小讀者》；葉聖陶揭開中華民族童話新貌的《稻草人》……等書，也都應該被全球華人珍惜閱讀的經典才是！

三、正視經典

　　學界討論經典時，有主張各學門中具有影響後代經典的核心「正典」（canon），當然，不可否認正典的生成有其歷史的偶發性，且正典化（canonization）往往是權力運作下的詮釋。不過，就

如哈洛・卜倫（Harold Bloom）在《西方正典》一書所言：「我們擁有正典，因為我們的生命有限，而且來得相當晚。時間就只有那麼多，時間也總得停歇，而要讀的書卻比以前任何一個時候都要多。……我們必然要排除某些作品，這是現實情況下的兩難。」華文裡面的「正典」與經典的概念同義，只不過正典更強調它影響的正確性，可以世俗化流傳，又不失內在的神聖莊嚴價值。

就算拋開正典的學術光環，好作品還是流傳且值得一讀再讀，那種劣質的改寫版本書則實在不需要浪費時間去看，如同哈洛・卜倫說的，正典一直與我們共時並存，所以我們必須有勇氣抉擇閱讀的對象。

臺灣出版社、讀者倘若持續對經典不理不睬，草率為之，影響所及只會讓臺灣兒童文學發展變偏狹，失去文化歷史承傳的厚實，所謂的閱讀，恐怕還只能是淺層，進不了生命本身，影響不到心靈，那麼即使推再多閱讀活動也無濟於事！

　　　——原發表於日本名古屋第七屆亞洲兒童文學大會，2004年8月

當代臺灣少年小說呈現的世界圖像

一、前言

　　如果我們以1993年臺灣的九歌文教基金會創辦「九歌現代少兒文學獎」作為臺灣少年小說發展的一個分水嶺，當代臺灣的本土少年小說創作努力在外來翻譯小說的夾縫中求生存，透過獎項的鼓勵，以及創作者得獎後自身的敏銳覺知與進步，臺灣少年小說的主題視野也逐漸在拓展中。

　　臺灣的少年小說過去侷限在寫光明勵志的校園故事，而鮮少去正視當下青少年生活中殘酷、複雜、黑暗的一面，比方：吸毒、墮胎、霸凌、性騷擾等問題；創作者與出版社自我設限，使得臺灣的少年小說要和世界兒童文學的思想前進、開闊性接軌實在還有段距離。不過，我們也無意太貶抑自己，近年來臺灣有部分少年小說對於拓展少年兒童的視野，建構更寬廣的世界觀有一番努力。在這些少年小說中呈現的世界圖像，我把它們區分成兩種形式：一是「外觀」，即以臺灣為基點，向外觀看世界的種種，也許只是遊歷見聞，也許是介入深刻體驗的思索；二是「內視」，這種形式則是就臺灣內部社會呈現的多元文化融會現象來審視。

二、「外觀」型的世界圖像

　　要看臺灣與世界的鏈結之前，我們免不了要談一下全球化（Globalization）思維的影響，以流行文化為例，透過無遠弗屆的傳播媒體發揮作用，而有同化、單一發展的傾向。在兒童文學界裡，我們一定都能感受到《哈利波特》先是出版，再經由電影傳播掀起的奇幻創作風潮。像這種衝擊相應而生便是憂心在地異質內涵消失的聲音，因此才有Roland Robertson提出「全球在地化」（Glocalization）的概念，反思全球化跨越了國家的界線，使人們接觸到各地多元的文化內涵同時，激發地方人們對在地文化進行創新重組，進而引發更多在地文化的認同。

　　而我們在建立在地文化認同之前，往往會先有一個比較模型，這當中也許夾雜著謙卑學習、欣羨、甚至嫉妒的心理，也就是中國人常說的「外國的月亮比較圓」，教育即是一個最明顯的例子。

　　臺灣在1970年代經濟逐漸起飛後，有許多經濟許可下的家庭，為了不讓孩子在臺灣制式填鴨的教育環境下學習，把孩子送往國外留學。楊美玲、趙映雪合著的《茵茵的十歲願望》裡的小留學生茵茵初抵芝加哥，面對皚皚白雪，以及美國人家房舍有松鼠到處遊蕩的大庭院，景的變遷，馬上使她與臺灣產生比較，一切新鮮與驚喜中，對美國的留學生涯有了期待。但隨著生活日久，加上語言不通，拚命學習英文想趕上別人程度的壓力，還有媽媽嚴格督促功課的諸多要求，使茵茵的情緒開始變化，覺得來美國並未如想像中美好。特別是茵茵升上三年級，遇到了一位史東老師，因為自身對東方人的偏見，以為羞於開口說英文的茵茵是學習能力低落，因而將她降至一年級上課，後來經過其他老師和茵茵爸媽的據理力爭，才

讓史東老師認錯。這段風波情節的描述裡我們看見即使再怎麼自由開明的美國社會，種族歧視依舊存在，大人如此，更別提小孩也會耳濡目染，所以茵茵去參加夏令營遭遇一個白人男孩挑釁：「東方鬼，妳來做什麼，為何不滾回妳自己的國家？」語言的粗鄙，自然也反映了這個國家霸氣的一面。

同樣是留學生的故事，林滿秋《浴簾後》（2020年新版改名叫《玫瑰崗的祕密》）則是滿布青春的哀傷、沉痛，來自朋友間的猜忌，愛情間的不信任、不忠誠，當然還有家人間的關愛失落，導至對生命熱情的消散。《浴簾後》的主人翁江雪若，進入英國倫敦郊區的一所玫瑰崗中學，美麗的校名底下，卻是帶刺帶血的危機伺服，江雪若要面對的不僅是語言溝通上的問題，同樣也有種族歧視，還有學生間階級權力的鬥爭。江雪若即使已努力融入英國生活，卻終究不理解英國人斯文拘謹的表面之下，其心一如陰沉難測的天氣；英國人也是在這種性格的反彈下，導致八卦狗仔文化的盛行──而這卻又是英國人私下又愛看愛討論，又極痛恨的事，偏偏江雪若單純不懂世故，加上無意間探聽了太多人的隱私，因此把自己捲入一場不可收拾的風暴中，成了過街老鼠般人人喊打，愛情、友情、尊嚴全賠了，那場在餐廳被公審的場面簡直讓人不寒而慄。這部小說裡，透過伊妮德這個從迦納來的黑人女孩告訴江雪若的一句話說：「語言容易學，文化卻是一堵看不見的牆，很少外國人可以跨得過去。」一針見血的表達了文化的衝突本質。

臺灣與中國雖然有文化血源，但1949年分屬兩個政體治理之後，也逐漸發展出迥然不同的社會形態。1980年代末期海峽兩岸開放探親、觀光之後又有一番新氣象，近一兩年兩岸政治氣氛和諧，各項交流更趨頻繁。臺灣學生留學中國也不算新聞了，管家琪《臺灣小子在南京》，生動的勾勒了兩個少年和離婚後的媽媽一起到南

京定居，既點出了南京人在公共場合不守秩序、不排隊等陋習，以及一胎化政策下的弊病，但也寫照了中國孩子刻苦讀書求上進的積極面；此外，在兩岸文化殊異上，也敘述了「熊」、「老實巴交」、「掛水」等用語的差別，敘述了無所不在的馬克斯學說如何滲透在社會各階層……這些現代中國的圖像，都在已移居南京的管家琪觀察下無遮掩的呈現。

邱傑《北京七小時》創作發表的時間早了《臺灣小子在南京》十年，那是1994年，北京還沒申請到奧運，這座古城也還沒大興土木改造，於是在小說裡的面貌仍是濃郁的古都味道。臺灣女孩玲莉跟著家人和旅行團來到此地，初來乍到，玲莉卻因為丟了皮夾，和自稱是「北京城地下市長」的男孩人杰，一同展開一場追扒手，又誤打誤撞偵破一樁搶劫的七小時冒險。這本小說掃描到一些北京低下階層生活的困苦模樣，但敘事重心還是聚焦在玲莉和人杰的冒險；或者說也帶著觀光客的眼睛來窺伺北京，而非深入報導，所以細膩程度就不如《臺灣小子在南京》。

郭少棠《旅行：跨文化想像》一書將旅行劃分為三個層次：第一層是追求觀光娛樂的旅遊，第二層是帶有特定目的的行遊，第三層是精神旅遊、想像旅行、網路旅行和生死之旅。郭少棠賦予旅行更寬廣深邃的意涵，目的同於James Cliffod意圖把旅行視為文化比較，從旅行者身體的位移中，詮釋文化的流動。以此論述來看，《茵茵的十歲願望》、《浴簾後》、《臺灣小子在南京》都屬於第二層次，不過在這些小說裡也或多或少有第一層次旅行經驗的描繪。

三、「內視」型的世界圖像

和全球化一樣，「多元文化主義」（multiculturalism）亦是當前我們必須正視的一個關鍵字。臺灣因為是海島，又處在太平洋海域中的重要區域，自古以來就是一個充滿移民性格的社會，歷史上也曾經歷幾度被殖民；近年大量開放外籍移工在臺灣工作，更吸引越來越多比例的東南亞國家為主的外籍移工嫁娶給臺灣人，成為臺灣人口中的「新移民」。如此繁多的新族群在臺灣生活，每個族群理所當然要得到文化認同，因此多元文化的具體作法應該呈現出Bhikhu Parekh《Rethinking Multiculturalism: Cultural Diversity and Political Theory》一書所分析的多元文化的社會要有能力回應、承擔各種不同文化形式，歡迎和珍惜，使文化核心自我理解，尊重依文化需求組成的社區，或者可能會尋求完全或實質地吸收這些社區納入其主流文化。

鄭丞鈞《我的麗莎阿姨》、李光福《我也是臺灣人》和張友漁《西貢小子》皆是這樣的時代氛圍下的產物，敏覺了外籍移工在臺灣的工作、生活情形可以作為少年小說創作的題材，提早讓臺灣的少年兒童接觸多元文化觀點，在教育出發點上立意良善。

回到文學表現層面來看，《我的麗莎阿姨》中的菲律賓幫傭麗莎，她的精明能幹和大部分臺灣人認知的外籍幫傭不太相同，她的認真盡職，完全融入臺灣生活的背後，其實是背負著要養活菲律賓家裡父母及三個小孩，不得不離鄉工作的辛酸。《我也是臺灣人》則寫了一個從印尼嫁來臺灣的彩枝，用她的堅強與好學，不僅順利克服文化差異，更得到幸福美滿的婚姻，驕傲地成為實實在在的臺灣人。《西貢小子》裡嫁到臺灣高雄的越南新娘阮氏好就沒那麼幸運了，她處處受到婆婆和街坊鄰居的誤解、挑剔，只能把苦往肚裡

吞，但還是勉強維繫著家庭的圓滿和諧。比較這三本小說，雖然都用兒童眼光去看待外籍人士在臺灣的生活，可是對她們故鄉文化特色的描寫，《我的麗莎阿姨》完全省略，《我也是臺灣人》僅提到印尼人作料理愛加蝦醬，《西貢小子》則有較多篇幅著墨，建築、服飾、飲食、地理環境俱有概述。

陳三義《他不麻煩他是我弟弟》起於西雅圖的風光景致描寫，再切入中美混血的韓睿、韓思兩兄弟在那兒的生活形態描摹，接著情節急轉到他們兩兄弟跟媽媽回臺灣的家，求學、過年等事件的展開，同樣披露了面對文化差異的調適問題，從語言上雞同鴨講，到風俗習慣衍生的諸多趣味裡，也省思了這些華裔子弟自身文化傳承認知的足與不足。

四、結語

全球化和多元文化主義思潮蔓延的現代，我們的文學創作無可避免地捲入這些議題，少年小說作為啟發少年兒童邁入成熟階段思考人生的閱讀橋樑，如何引導他們把眼界放寬，看見多元的世界圖像，理解包容異文化，並認同自身的文化，成為創作者必須慎思的事。

臺灣的少年小說近年來也有朝這方面前進的作品，本文中提及的少年小說，從中展現出來的世界圖像，或許仍不夠全面，但這就像拼圖，需要一塊一塊被填補進來；最終，我們才能看見一幅充滿文化融合，沒有對立爭戰的世界圖像。

——原發表於中國金華第十屆亞洲兒童文學大會，

2010年10月，收入方衛平主編，

《在地球的這一邊：第10屆亞洲兒童文學大會論文集》，

北京：外語教學與研究出版社，2010年9月

從 2006 至 2009 年《臺灣兒童文學精華集》觀察當前臺灣兒童文學發展

一、歷年來的臺灣兒童文學選集

　　學院研究中，向來把年度文學選集當作觀察當年整體文學生態與創作風貌發展、演變的一個平臺。因此，凡是作品入選選集的資深、中生代作家，都有再被錦上添花的意味，可以在青史留名，可以找到文學星空中永恆的定位。對於新生代的寫手而言，則有被加持、躍龍門的效益出現，有助於他們繼續在文壇深耕開拓。當然，文學選集裡偶有非職業創作的素人，他們的作品被青睞，鼓勵的作用也不小，也會形成幫助他們再學習創作的推力。舉凡這些，皆是選集被看重的價值。

　　臺灣的兒童文學選集，如果以2000年為基準來看，也就是說新世紀以來出版過的重要選集，首先要提的是2000年幼獅出版林文寶策劃的「兒童文學選集1988~1998」七冊，分別是張子樟主編的《沖天炮V.S彈子王——兒童文學小說選集》、馮輝岳主編的《有情樹——兒童文學散文選集》、曾西霸主編的《粉墨人生——兒童文學戲劇選集》、洪志明主編的《童詩萬花筒——兒童文學詩歌選集》、馮季眉主編的《甜雨·超人·丟丟銅——兒童文學故事選集》、周惠玲主編的《夢穀子，在天空之海——兒童文學童話選集》、劉鳳芯主編的《擺盪在感性和理性之間——兒童文學論述選

集》，這套選集幾乎涵蓋了兒童文學各文類創作，乃至論述，也可視為前一個世代臺灣兒童文學發展狀況的總結。

再來是2004年起九歌逐年出版《年度童話選》，最大的特色是編者還包括二至三位小朋友，是完全合乎兒童觀點評選出年度佳作，並從擇選一篇頒發年度童話獎，2018年再增設小主編推薦童話獎。從《年度童話選》可以發現童話是臺灣兒童文學創作最壯盛的隊伍，每年平均約有三百篇的作品出現在報刊雜誌或兒童文學獎，作品產量豐沛、投入的創作者眾，足以支撐《年度童話選》繼續編輯出版下去，允為我們所樂見。

2006年起小魯出版林文寶總策劃、洪志明、陳沛慈、陳景聰編選的《臺灣兒童文學精華集》，編選時間範疇從2000至2009年，較之「兒童文學選集1988~1998」以十年為單位才集選為一冊，《臺灣兒童文學精華集》則用更大的企圖心，逐年集選為一冊。

「兒童文學選集1988~1998」出版時，在書籍封面曾標榜是「兒童文學的希望工程」，這項希望工程，慶幸有《臺灣兒童文學精華集》接續，恰好展現跨一個世紀，不同世代臺灣兒童文學創作的生命力，光就這點而言，這些選集都有非凡的意義，值得珍惜！

二、臺灣兒童文學發展隱憂

《臺灣兒童文學精華集》在2011年底，陸續將2007至2009年的選集出版後，也將是此系列選集畫上句點的時刻，為此我們又不免有些感傷與遺憾。

我們不難理解《臺灣兒童文學精華集》雖有研究、典藏價值，然而，一個民間出版社，為這希望工程砸下的巨資，肯定是穩賠不賺，難在廣大的讀者中引起共鳴，最終它的讀者就僅限於兒童文學

相關的研究者為主了。

　　由此也反映出文學選集的讀者定位問題,若兒童文學選集不是面向兒童讀者,那麼面對兒童文學相關的研究者,先天上就很吃虧,因為臺灣兒童文學的研究者比起成人文學,實在是少之又少。

　　歸根究柢,臺灣兒童文學研究者的新陳代謝與成長實在太緩慢!即使臺東大學兒童文學研究所成立已經超過十餘年,也生產超過三百篇碩博士生畢業論文,可是這些人是否能全為《臺灣兒童文學精華集》的讀者,恐怕也不盡然,最應該是基本讀者群的讀者都沒有對《臺灣兒童文學精華集》投以關懷的眼神,要開展更多讀者就頗有難度。再則,兒童文學研究所生產的論文,表面上看起來成長迅速,像是昭告臺灣兒童文學研究呈現榮景;然而,這麼多論文質與量無法並齊相等,且該所畢業生畢業後持續從事兒童文學研究的人寥寥無幾,對臺灣兒童文學發展實也是一個隱憂。

　　文學選集市場供需失衡,此問題短期內似乎仍無解,所以我們再回到《臺灣兒童文學精華集》出版歇止的這個動作來看,實也反映了當下臺灣兒童文學發展的一個矛盾現象———邊衰退,又一邊進展。

　　2000年以後,《民生報》「少年兒童版」停刊,臺灣省政府教育廳「兒童讀物編輯小組」裁撤,臺灣省兒童文學獎、陳國政兒童文學獎和中華兒童文學獎停頒,文建會的「兒歌一百」徵選、臺東大學兒童文學獎辦了幾屆又停擺,《繪本棒棒堂》好不容易經營一段時日建立口碑卻停刊……,甚至還有大環境新生兒出生率降低、閱讀人口銳減的衝擊,這些俱是臺灣兒童文學衰退的事實舉證。

　　可是,臺灣兒童文學的工作者,面對外在的種種嚴酷挑戰,民間的活力仍然遠勝於官方,新出版社還是像雨後春筍般成立,遍地開花的兒童書店與故事屋(館)為兒童文化產業增加新能量,圖畫書創作異軍突起,成為現在最蓬勃的兒童閱讀與出版類型、《康軒

TOP945》、《未來少年》、《未來兒童》等兒童刊物（不過文學的成分稍輕）創刊……，從這些事件看來，臺灣的兒童文學發展似乎又沒那麼悲觀，於是便在這股衰退與進展的相互拉扯中，臺灣兒童文學走過了一百年。

三、析論《臺灣兒童文學精華集》

我們也再回到2007至2009年這三本《臺灣兒童文學精華集》，從文本分析，試圖再廓清一些當前臺灣兒童文學的發展面貌與問題。

《臺灣兒童文學精華集》確立的編輯體例，文類上含括童話、故事（指寓言、生活故事、民間故事等）、詩歌（指童詩、兒歌等）、散文、小說，這五類劃分大致上是允當的；然而，在選文上卻浮現了一個難題，即童話／故事／小說的界線認定便是一大麻煩，它們之間性質互有重疊，事實上在學界也難有定論，例如海峽兩岸的認知就有出入，林文寶《兒童文學故事體寫作論》舉出「故事體」的類型包涵神話、寓言、童話、兒童小說；以表現內容類型來看，則歸納出生活故事、科學故事、歷史故事、自然故事。

中國學者朱自強《兒童文學概論》以「幻想兒童文學」界稱的文體接近於林文寶所言的「故事體」，此文體範疇包括民間童話（別稱「幻想故事」）、創作童話、幻想小說，其共同藝術特徵是「幻想」。不過，在「幻想兒童文學」這文體之外，朱自強也區分出「寫實兒童文學」（包含兒童小說、兒童故事）、「科學文藝」（包含科幻小說），「動物文學」（包含動物小說、動物故事）。朱自強的觀點是比較新穎的，相較之下，同樣是中國學者王華杰的《兒童文學論》則沒有跳脫過往研究者的文體分類：兒歌、兒童詩、童話和寓言、兒童故事、兒童圖書故事、兒童散文、兒童

戲劇。其中較值得注意的是王華杰將兒童生活故事與兒童小說納入
「兒童故事」這一文體，和童話相比，更強調它的「真實可信」。

　　綜觀以上三位學者所述，再來分析《臺灣兒童文學精華集》宣
稱的「故事」文類區分內涵，就知道會有問題叢生了。舉例來說，
施養慧〈街燈的情侶〉（收入《2007年臺灣兒童文學精華集》）是
被編在「故事」，該文將街頭的紅綠郵筒比擬為一對情侶，哀嘆著
時代變遷，電子郵件方便，使郵寄信件變少，郵寄信件一變少，它
們便挨餓。此文不乏幻想特質，說是童話也不為過，因它同時入選
黃秋芳主編的《九十六童話選》，自說明了分類上的見仁見智。

　　又如鄭玉姍〈金色食夢貘〉（收入《2008年臺灣兒童文學精華
集》）亦引發相似的困擾，食夢貘被虛構出來，具有看穿人們做的
夢境本事，並且會吃美夢；小食夢貘胖胖不忍小朋友受惡夢折磨，
吃掉小朋友的惡夢的故事情節，也寄寓了作者對兒童做惡夢的不捨
情感，並用故事的想像化解，完全合乎朱自強所言：「童話是一種
幻想故事，它與寫實的生活故事不同，是人類的想像力、幻想力、
情感和願望的結晶。」這篇文章也被黃秋芳主編的《九十七童話
選》選入，而《臺灣兒童文學精華集》每篇文章後的編選者點評，
陳沛慈說〈金色食夢貘〉：「這是篇可愛的童話……。」既承認是
童話，又怎會編入「小說」一類呢？豈不怪哉！

　　既然童話／故事／小說有諸多模糊曖昧的界域難分辨，那麼重
新為兒童文學的文類作範疇定義，就有待研究者未來再戮力完成共
識了。

　　順著《臺灣兒童文學精華集》的文類區分，以及選入作品內
容、篇數作比較分析，又可以看出若干臺灣兒童文學發展上的失衡。

　　以這三本選集來統計，童話佔將近三分之二的比重，可見童
話創作是當前臺灣兒童文學的主力。可喜的是，從三本選集所見

的童話，題材多元，形式結構亦多樣紛陳，例如王文華〈小石頭的旅行〉（收入《2009年臺灣兒童文學精華集》）形式上有詩歌的韻味；哲也〈桃太郎與淘汰郎〉（收入《2009年臺灣兒童文學精華集》）富有後現代藝術的旨趣，不單拼貼了〈桃太郎〉的異國童話，更做了後設顛覆，以及反轉作者／讀者介入的視角，打造了一篇不同流俗，高舉遊戲精神的新品種童話。而既往童話常見的巫婆角色，在這三本選集中僅有吳燈山〈巫婆變好了〉（收入《2008年臺灣兒童文學精華集》）、林哲璋〈掃帚的魔鏡〉（收入《2008年臺灣兒童文學精華集》）兩篇，〈掃帚的魔鏡〉比較有翻新出奇之感，〈巫婆變好了〉教訓意味稍濃，創意上也略遜一籌。

　　至於詩歌一類，童詩的量又高於兒歌，自從2005年潘人木過世後，臺灣的兒歌創作與出版似乎都有衰頹的景象，當然影響的因素不只是潘人木一人，恐怕還是要回到大環境來看，還有要檢視人才培育等問題，例如信誼幼兒文學獎本來設有文字創作獎，也拔擢過林芳萍等新秀，到2003年第十五屆廢除文字創作獎後，兒歌創作人才的培育嚴重斷層不容否認。

　　童詩的蕭條亦然。1970年代臺灣童詩全盛時期的繁華已成過眼雲煙，當年幾本風行一時的兒童詩刊《月光光》、《布穀鳥》等都已走入歷史。彼時，「北海寶南仙吉」（指北部海寶國小、南部仙吉國小），分別在杜榮琛、黃基博兩位也是兒童文學作家的老師大力推動之下掀起的童詩創作風潮，也很難在今日的小學校園中看見。當然，童詩不知從何時起成為市場的「票房毒藥」，也令出版社卻步。是故要談臺灣的童詩，讀者普遍還是只能想到楊喚、林煥彰、林武憲等幾位資深兒童詩人，新一代的就乏人問津了。

　　還有散文的狀況也好不到哪裡去。我一直認為「兒童散文」本身就是一個處境尷尬的文類，學界定義上都會突顯要為「兒童」

而寫，但我們也看見太多所謂的「兒童散文」，只是因為也適合
兒童閱讀，但創作者寫作之初卻未必是想著為「兒童」而寫。三
本選集中，李惠綿〈有情年年送春來〉（收入《2007年臺灣兒童
文學精華集》）、銀色快手〈車站〉（收入《2007年臺灣兒童文
學精華集》）、李宜芳〈老房子〉（收入《2008年臺灣兒童文學
精華集》）、貴美〈神殿的驚豔〉（收入《2008年臺灣兒童文學精華
華集》）、邵僩〈山林已遠〉（收入《2009年臺灣兒童文學精華
集》）等文從敘事筆法、語氣、思想抒懷等角度觀之，似乎都不是
預設為「兒童」而寫的散文，然而因為其文筆簡淡平易，或記述了
童年往事、自然這些「兒童散文」最常見的題材，所以選之。如此
一來就有為選而選的疑慮，尤其2008年選集只有選入兩篇散文，又
同時有前述的毛病，不禁讓人對「兒童散文」的定義與存在再生
質疑。

　　小說的前景也是堪憂的。2004年李潼去世後，臺灣的兒童／少
年小說，不論長短篇創作，皆顯現青黃不接的窘態。中長篇近幾年
或許情況稍好一點，有張友漁、林滿秋、蔡宜容、哲也等人漸漸補
位上來，可是短篇小說還是欲振乏力，固然創作投入的人少，可發
表的媒體刊物不足亦是一大病徵有待醫治。

四、結語：期許創作人才薪火相傳

　　最後我要再討論三本《臺灣兒童文學精華集》創作者的情況。
林良、林鍾隆、傅林統、林武憲、馮輝岳、張曉風等老將依舊創作
不輟，精神可佩！林鍾隆〈會想東想西的毛毛蟲〉（收入《2008年
臺灣兒童文學精華集》），寫活了一隻愛思考的毛毛蟲，多了幾分
深沉人生體悟的折射，這篇故事也是林鍾隆生前最後發表的遺作，

文章刊出一個月後他就辭世了，因此選入這篇故事也有幾分致敬與紀念的意味。

張曉風近來在兒童文學創作上著力頗深，2011年還結集出版《抽屜裡的秘密》一書，她的〈黃小魁和白麗梨〉（收入《2008年臺灣兒童文學精華集》）、〈白雲、晚霞、攝影家〉（收入《2009年臺灣兒童文學精華集》），保有她寫散文的深邃華美氣質，又不失純真、動人的童稚之眼在敘事。

1960年後出生的林世仁、岑澎維、哲也、賴曉珍、周姚萍、侯維玲、亞平、王文華、林哲璋、廖炳焜、蘇善等人，可謂當前臺灣兒童文學創作的前線戰將，其中又以林世仁為最大亮點，他在2008年、2009年更同時有兩篇不同文類的作品入選選集，每一篇作品都有令人耳目一新的驚喜，例如〈清明武俠大會〉（收入《2009年臺灣兒童文學精華集》）成功賦予杜牧〈清明〉這首唐詩，延伸發想出更多豐富有趣的故事血肉，還充滿古典小說的意境，新舊交融和諧。

當然，我們也在選集中看見諸多新鮮的名字：程歆淳、陳思敏、俞芳、陳亮文、劉元富等人，多半還是大學或研究所在學生，寫作初起航，未來戰力如何，仍有待觀察。但願他們能效法前輩，繼續琢磨文筆，真誠地為孩子寫作，而不是曇花一現。

綜觀三本選集，有超過半數的文章來自《國語日報》，這份臺灣目前唯一的兒童日報，會一枝獨秀不難理解；因為目前臺灣兒童文學創作的發表刊物萎縮得厲害，更要面臨視聽、網路媒介虎視眈眈取而代之，平面刊物要維持延續生命著實不易。創作要在《國語日報》刊登，勢必是擠破頭的激烈狀況；而那些不能在《國語日報》刊登的遺珠，幸運的話還能在《更生日報》、《幼獅少年》等刊物上現身，比較慘一點的，或者容易灰心沮喪的創作者，可能因

此封筆不寫，所以《國語日報》能夠不吹熄燈號，遂讓人一則以喜一則以憂，憂的是獨大的局面若未來幾年仍無改變，對臺灣兒童文學生態而言未必全是好事。

　　《臺灣兒童文學精華集》是臺灣兒童文學迎接下一個百年的資本，然而，本文觀察到的諸多病兆，亟待政府與民間有志之士攜手改造，對症下藥，臺灣兒童文學的體質才能更完善健全，創作源源不絕，創作人才薪火相傳，兒童文學閱讀人口與能力提升，那才是國家文化軟實力的驕傲表現，才是我們的孩子之福。

——原刊《全國新書資訊月刊》第159期，2012年3月

臺灣兒童文學研究前進的一大步
——《2007臺灣兒童文學年鑑》出版的意義與省思

　　溯自日治時期萌芽的臺灣兒童文學，一路顛顛簸簸走來至今，我們的兒童文學基礎研究不足，勢必要再加把勁，才能擺脫整體臺灣文學中的邊緣角色，或反駁被某些人看作臺灣文學不重要的細微支流的輕鄙。

　　繼九歌出版社出版「年度童話選」、天衛出版社出版「臺灣兒童文學精華集」之後，由中華民國兒童文學學會企劃、編輯、出版的《2007臺灣兒童文學年鑑》於2008年6月付梓，和前言的作品選集相同，這也是具有史料保存價值的出版品，可以具體檢視一個年度的臺灣兒童文學發展生態、創作面貌與出版現象，所有留存的記錄，俱讓人看見兒童文學工作者們努力為我們的孩子提供精神食糧的愛心與用心，其出版價值不言可喻。

　　作為第一本臺灣兒童文學年鑑，雖然在整個兒童文學歷史發展中來得稍晚，但《2007臺灣兒童文學年鑑》終究是集結了眾人心力堂堂問世，絕對值得掌聲。此年鑑編輯的宗旨與體例有已經經營出版了數年的「臺灣文學年鑑」可供參考，所以《2007臺灣兒童文學年鑑》的初步實踐就不致於太疏漏難看。分成特稿、大事紀、綜論、人物、出版、報章雜誌刊行作品、學術與活動、附錄，該具備的大骨架和「臺灣文學年鑑」幾乎相符，差異在於細部的文稿撰寫和文獻梳理，就後者而言，《2007臺灣兒童文學年鑑》的內容還是

暴露了若干缺失有待改進。

　　五篇綜論裡涵蓋了年度兒童讀物出版觀察、童話報告、童詩與兒歌概述、兒少小說觀察以及兒童戲劇的發展與變遷，少了散文或許可以解釋是年度出版的作品量不夠多，但忽略當前兒童文學出版極重要的圖畫書一項就讓人不解了。其次〈聽見蟬蛻　等待蟬鳴──2007兒少小說觀察〉一文，全文含標點二千多字，但文中論臺灣兒少小說的部分含標點居然只占不到八百字，其餘篇幅全部在為外國翻譯兒少小說錦上添花，作者似乎忘了這明明是「臺灣兒童文學年鑑」，論述取材嚴重失衡。

　　臺灣本土兒童文學創作每年的出版量不敵外國翻譯兒童文學作品固然是事實，可是連「臺灣兒童文學年鑑」都失守不能以臺灣為主體，把關注焦點放在外國翻譯作品豈不是本末倒置。也許退讓一下，可以將年度出版各類外國翻譯兒童文學單獨成文總評，或者僅列書目，就不會惹爭議了。

　　年度焦點人物中，林良、邱阿塗、鄭明進等資深前輩當之無愧也無異議，中生代介紹麥莉一人，新生代關注鄭丞鈞和廖雅蘋（亞平）。廖雅蘋近來童話寫作成績耀眼，這一年收割九歌年度童話獎和國語日報牧笛獎，並出版了兩本童話集，實力有目共睹；鄭丞鈞二度獲得九歌現代少兒文學獎，亦是潛力無窮的新秀，有推薦之必要。但相較之下，麥莉雖也認真寫作多年有些成績，但2007年並未出版任何作品，只因獲得教育部文藝創作獎而無其他特別的亮點而被列入，理由未免牽強。年鑑裡的焦點人物應該是一整年度作家創作的總成果驗收，抑或當年對兒童文學發展有特殊貢獻的人，經過編輯群審慎客觀評選出來的風雲人物，依此標準來檢視《2007臺灣兒童文學年鑑》，遺珠太多，我想點名向以下幾位致意：在中國冰心文學獎榜上有名的馬景賢，老當益壯出版兩本童話集的傅林

統，年出版四本童詩（包括一本馬來西亞彩虹文化出版的《夢的眼睛》）的林煥彰，戮力編寫出《臺灣兒童文學年表》的邱各容，在中國、香港皆有作品出版且大受歡迎，並積極於中國等地推廣兒童閱讀的方素珍，以及入選義大利波隆那書展的插畫家蔡達源……等人，年鑑焦點人物少了他們不免失色。

報章雜誌刊行作品的搜索，並未做到淘沙揀金的工夫，把《國語日報》這個國內目前唯一的兒童日報裡面關於健康保健、親師交流、自然科學等文章一併列入使人覺得怪異，回歸於文學，做整理編輯者對何為兒童文學的基本認知應該要有，有了基本認知就更不容許這樣的謬誤出現。再則國內幾份週刊型的兒童報紙，還有《康軒TOP945》等月刊被遺忘實在也說不過去。

學術與活動大致完備，是編輯群辛苦搜集資料的成果。不過精益求精，兒童文學獎項可以增列金鼎獎、好書大家讀年度的評選，以及新聞局中小學優良兒童讀物的推薦名單。活動方面，不妨比照《文訊》設特派員報導各區域兒童文學活動，尤其臺東大學兒童文學研究所既已培養出數百位畢業生，宜善用這些人力資源，由散居在臺灣各地的他們隨時掌握各地挺活絡的故事團體重要的活動，或增添各兒童文學團體年度事蹟，必能使年鑑內容更豐富完整。

兒童文學團體與兒童文學相關網站等附錄資料用意頗佳，可是看不見國內許多故事協會、故事屋這些和兒童文學習習相關的團體，還是美中不足。網站部分引用中華民國兒童文學學會網站陳舊的連結資料，未做更新察看，所以像「郁化清的童話世界」、「小人兒書舖」、「小河兒童文學」……這些早已不存在的網站仍然被列入，來年宜修正拿掉，並建議再費些心力搜尋兒童文學相關部落格，擴展網路傳播的面向。

最後容我再進一言，這本年鑑中一頁只登一、二筆資料，底下

全空白的頁數不少，從環保觀點來看實在很浪費紙張，不知情者還
會以為編輯在充頁數呢。

　　我這野人獻曝，該獻的策都說了，最後再為《2007臺灣兒童文
學年鑑》美言幾句，我們的兒童文學研究因為這本年鑑的出版得以
再跨越一大步，彷彿為孤寒的研究者添加許多柴薪，可以憑此燃燒
出更多新研究議題。這本年鑑也是見證臺灣兒童文學實力的鐵證，
我們的兒童文學工作者無須妄自菲薄，就算未來路途再艱辛，因為童
心相伴，喜樂常在，我們還是會繼續溫暖堅定的守護著孩子的心。

　　　　──原刊《全國新書資訊月刊》第119期，2008年11月

共生時代的兒童文學
——第七屆亞洲兒童文學大會觀察

　　全球化思惟影響下的亞洲兒童文學，於2004年第七屆亞洲兒童文學大會也看出了眉目。第七屆亞洲兒童文學大會8月4日至9日在日本名古屋舉行，除了日本本地，還有來自韓國、中國、臺灣、香港、馬來西亞、蒙古六個國家近兩百位亞洲兒童文學工作者參與，懷抱的熱情一如盛夏的驕陽。

　　本屆大會以「探求亞洲兒童讀物的未來，為了共生時代的孩子們」為主題，並把焦點放在圖畫書和民族性的問題。在第一天的歡迎晚宴上，大會會長畑中圭一率領所有與會者先一齊為2003年逝世的原任會長四方晨追思默哀，莊嚴肅穆的氣氛中，儼然已將亞洲兒童文學的命運聯繫在一起，更加突顯四海一家的感覺，為往後幾天大會鋪設好一條坦途。

　　8月5日，在建築造型摩登現代的名古屋青少年文化中心展開的活動，開幕式上演出的音樂劇《亞洲之風》，巧妙串起臺灣林武憲、韓國尹石重、日本畑中圭一、中國韋婭四位兒童文學作家寫風的童詩，編成一則既傳奇又浪漫，並能表現不同民族風味的音樂劇，風的心和人的心相印，打破地域空間距離，共同嚮往平安幸福的暗喻，果然贏得滿堂彩。下午分別由日本川村學園女子大學助教授上橋菜穗子，中國兒童文學翻譯家彭懿以〈亞洲的幻想小說〉為題演講，他們兩人都提到「幻想小說」在亞洲發展較慢，上橋菜穗子肯定幻想小說可以展現寬闊的世界觀，值得亞洲兒童文學作家

積極投入。彭懿更從他與幻想小說結緣的經過侃侃而談，對「奇
幻」、「幻想」、「魔幻」小說用法都有一番見解；不過他最後仍
建議用「幻想小說」最適當。

　　本屆論文發表一共有26篇。立基於環境意識，從生態永續觀點
出發的論文有韓國鄭善惠〈向共生社會的韓國的生態童話〉、臺灣
游珮芸〈兒童文學的大宇宙──意識形態與價值觀的變革〉、日本
黃育紅〈宮澤賢治的共生世界──淺談其童話的現代意義〉、日本
金晃〈通過圖畫書呼籲與生物的共存〉等篇；關注《哈利波特》巨
大成功的衝擊，反省亞洲地區幻想小說諸多可能的論文有香港戴淑
芳〈幻想文學的可能性──兒童共生時代中幻想力的必要〉、馬來
西亞愛薇〈當哈利波特遇到美猴──兼談「亞洲幻想小說的潛質與
問題」〉、韓國朴尚在〈韓國幻想童話的歷史與課題〉、中國馬力
〈重譯經典：亞洲幻想文學的可能性──由孫晴峰改寫《灰姑娘》
的三篇童話想到的〉等篇，這兩大議題占了所有論文中的三分之
一，可見亞洲兒童文學工作者的默契，同時真實的反映出各國兒童
文學的處境是蠻類似的。

　　其他的論文內容礙於篇幅無法詳述，不過整體看來大家的願
景似乎頗一致，皆盼望民族文化特色能被兼顧，進而尋求與亞洲與
世界接軌，一家烤肉萬家香的共生共榮，給予下一代兒童心靈更多
更純美的滋潤。像中國的蔣風教授更喊出了：「作為一種文化現象
的兒童文學，是一個國家或一個民族文化發展水平的標誌，也是一
個國家或一個民族文明程度的標尺，必然會受到社會應有的關注和
扶植。因此兒童文學一定能永遠活下去，萬歲萬萬歲。」蔣風說兒
童文學「必然會受到社會應有的關注和扶植」，老實說我不敢太樂
觀，因為這要牽涉到社會的集體行動，尤其是政府與民間之間的互
動，兒童文學能不能走出文學中的弱勢邊緣，至少就臺灣而言還值

得觀察。但是站在兒童文學工作者的立場，一旦真心投入，就算外在環境再困頓，我相信大家也會苦撐著讓兒童文學永存。

8月7日，依舊晴朗炎熱，天藍如洗。本日的活動行程讓大會參與者徹底放鬆，驅車深入日本北陸的岐阜縣，在綠波蕩漾的御母衣湖畔享用豐盛午餐後，漸抵山中遺世獨立的白川合掌村，這個被列為世界文化遺產保護的絕美勝地，像極了黑澤明電影《夢》的水車村那一段場景，以茅草為頂的傳統建築、乾淨的池塘水車，寧靜脫塵的氛鬱，緊緊攫住人心。

離開白川合掌村後，再往富山縣座落於綠野平疇間的大島町繪本館。今年恰逢繪本館開館十週年，館內配合展出這次與會國家的圖畫書，繪本館館長高井進率領全館員工及志工熱情接待，還贈送了與會者每人一本富山縣政府企劃發行，木崎さと子撰文，黑井健繪圖的圖畫書《漂洋過海的小豬》（うみをわたったてぶた，2004），圖文作者在日本皆是頗有分量的兒童文學作家，此番聯手完成這本充滿詩意、幻想，又深具內涵的圖畫書，書中的小黑豬在蝴蝶的引領下，走出孤獨悲傷，追尋海與藍天，牠最後看見的世界寬闊無比，沒有國界藩籬，沒有種族區隔。美好的想望孕生，世界和平歡愉如嘉年華慶典。

黑井健繪製這本圖畫書，運用大量清新柔雅的藍、綠、黃色，粉彩輕塗，整體畫面予人溫馨之覺。8月8日有一場他與韓國兒童文學作家李億培、臺灣洪文瓊三人的專題座談，針對〈思考圖畫書中的民族性〉發揮，如果從文化歷史影響淵源來看，日韓都承受過中國文化的養分，臺灣當然不例外，且臺灣又於近代接受過日本殖民，文化相生而不相剋；而各地原住民又有自成體系的文化，加上各區域文明與西方的接觸再發展，因此運行出來的文化多樣面貌同

中有異，異中見同，俱是豐厚的資產，皆是創作取之不竭的材料。
本屆大會的尾聲句點落於此，延伸的思考是極有意思的。

　　——原刊《中華民國兒童文學學會會訊》第20卷第5期，2004年9月

用兒童文學為孩子種夢
——第十二屆亞洲兒童文學大會暨第三屆世界兒童文學大會側記

一、概說昌原這座城市

2014年8月8日至12日在韓國昌原舉行的第十二屆亞洲兒童文學大會暨第三屆世界兒童文學大會圓滿落幕了。

如果不是來昌原參加此次大會，我還真是井底之蛙不知韓國有這樣的地方。昌原依山傍海，曾是朝鮮歷史上倭寇聚集之所，韓戰期間則是難民避居之地，現在有LG等工廠而成為新興工業城，但同時對綠色能源、環保綠化也執行非常著力而成為韓國的生態示範城之一，現有人口近三十萬。

昌原對韓國兒童文學的重要性，乃因這是韓國天才詩人李元壽的故鄉。1925年，剛滿十四歲的李元壽在兒童文學雜誌《少年》發表了童謠〈故鄉的春天〉，這首傳頌久遠的經典作品，甚至連日本的小學教科書都曾選入。本次大會就有四篇論文探討李元壽的作品，高居其他作家之上，由此可見他在韓國兒童文學的地位。

韓國1948年11月的《兒童文化》雜誌，刊出「述說兒童文化的座談會」紀錄，李元壽說：「能在美夢一樣的世界中學會生活，也是童話獨享的特權。」我們也可以這樣說，兒童文學慰藉兒童的心靈，滿足了現實生活中尚未實現的欲望，帶給兒童充滿希望的未來

想像。這樣的觀點，或許也促成影響了這次大會主題「為孩子種夢的兒童文學」的訂定。

二、為孩子種夢

在本屆大會論文集卷頭語，由申鉉德、金鍾會、金容熙和金一泰四位聯名的文章提及：「兒童文學追求國家間的相互理解與謀求世界和平，這也是我們論壇永久的目標。如果通過我們的努力能夠獲得地球村的和平，則可以使全世界的兒童懷著夢想茁壯成長，也能使成年人滿懷對未來社會的希望。」為此宏願而努力，積極促進世界各國兒童文學交流與瞭解，所以韓國繼2006舉辦第八屆亞洲兒童文學大會之後的輪值，也再次同時舉辦了世界兒童文學大會。

為此，韓國廣發英雄帖，邀集了來自加拿大、英國、法國、美國、芬蘭、義大利、德國、俄羅斯等國代表、加上亞洲的日本、中國、臺灣、印度代表齊聚一堂，地主韓國更是組成超過三百人的浩大隊伍參與。

大會開幕式之後的主題演講，由曾來過臺灣的加拿大兒童文學學者梅維絲‧萊莫（Marvis Reimer）主講「文學──為孩子種夢：加拿大兒童青少年小說中關於家的夢」，梅維絲‧萊莫主張兒童文學可以被作為某種社會夢想（或渴望，或希望）的信息源泉來解讀，通過她舉出的加拿大兒童青少年小說《清秀佳人》和《Tom Finder》（臺灣尚無中譯）為例，呈現出來的一種理想化形態是家不僅包含「居住的住宅」這樣的概念，還擴展到歸屬感和存在感。也就是說，所有人的存在，在「家」這個概念下，從童年期起若能得到歸屬感和存在感，夢也就種下了，等著來日離家去實踐。

緊接在主題演講之後是國際學術大會的論文發表，此次論文

在主題之下，另再細分出四個子題：地球村孩子閱讀的童詩、本國兒童文學描繪的現實、文學——為孩子種夢、孩子的夢想和未來展望。入選的論文便依著這四個主題發揮，臺灣這次入選的論文分別是謝鴻文〈守望明天：當代臺灣童詩的烏托邦想像〉、鄧名韻〈生命勇者——兒童故事裡無所畏懼的臺灣孩子〉、林素文〈為孩子種夢的人——創辦《王子》半月刊的蔡焜霖〉、陳晞如〈臺灣兒童戲劇發展的歷史與建構〉。

　　其他各國的論文有的從個人創作經驗出發，有的從類型、年代探究創作風格，普遍而言都關照到面對現實的兒童文學，為孩子呈現了怎樣的夢想圖景。特別值得注意的論文，例如印度Rimi Bhattacharya的〈多種語言，多種現實：印度次大陸兒童文學〉絕對是可以打開我們視野的一篇文章，使我們看見印度在傳統史詩羅摩衍那和摩訶婆羅多、以及佛教經典故事流傳之外，二十世紀受英國殖民影響，雖然英語成為普遍使用的語言，但印度全國多種語言混雜，加上政府機構無力協助，沒能有效的為孩子製作適當的兒童文學出版品。儘管現實環境惡劣，但仍有少數兒童文學創作，試圖在不均衡的資源、不公正的法律和政治中，打破語言的差異，為印度的孩子找出方法，「擺脫這個善與惡、對與錯相互對立的世界。」Rimi Bhattacharya論文最後的結語肯定的說：「每個孩子都應該知道，每種語言，每種想像方式，一定會有所不同，它們都是值得理解的。」這不是什麼深刻的理論，卻能實實在在撞擊我們，思考語言載體要如何表現能被理解的創作。

三、分科會議裡的激盪

　　國際學術大會的論文發表之後，另一個環節是由韓國、中國、日本和臺灣四方代表依照「韓國童話種植的夢想種子」、「給孩子種植夢想吧」、「烏托邦和逆烏托邦」、「孩子和文學的紐帶」、「東西洋老故事世界」等五個題旨進行的分科會議。

　　在分科會議裡可以具體而微的看見亞洲這四國兒童文學發展的過去、現在與未來的省思。韓國在分科會議中提出了多篇童詩的報告，此次參與大會的韓國也多半是童詩詩人，足以印證童詩在韓國兒童文學占有重要的地位。韓國童詩一般研究以崔南善1908年發表於《少年》的〈從太陽到少年〉開始，一百多年來發展不衰，創作人才備出，各兒童文學機關組織和出版社重視，可是遲至2003年才有專門的童詩刊物《今天的童詩文學》創刊；相較之下，臺灣1977年就有林鍾隆等人創辦了臺灣第一本童詩刊物《月光光》，然而臺灣童詩此刻蕭瑟的現況，已難望韓國之項背。

　　至於當前韓國童詩的走向，李成子〈韓國童詩文學的介紹〉為我們描摩說：「與之前的觀念和空想相比，更傾向於關心孩子的生活，創作了很多反映社會現象的童詩。」童詩創作觀念的與時俱進，或許也是韓國童詩創作活力不絕的原因之一吧。

四、豐富多元的展覽

　　本屆大會會場周邊的展覽活動，內容豐富多元亦值得一提。「世界兒童文學書展」展出與會各國代表的著作，在中國代表展區，幾位中國當代重量級的兒童文學學者蔣風、朱自強、王泉根和吳其南

四人的學術著作各擅勝場，互別苗頭；在群星中突圍而出，引人特別注目的還有一本由史迪可創辦於2012的《兒童電影世界》雜誌，這是中國第一本專門討論兒童電影藝術的刊物，內容含括東西方，理論與實務的報導平衡，現在是視覺影像掛帥，主導閱讀的年代，兒童電影的研究在中國開始躍進，這本刊物未來的重要性不言可喻。

　　「童詩詩畫展」展出亞洲各國代表事先提供的一首童詩，再由主辦單位邀插畫家作插畫，圖文精美相輝映。「韓國兒童文學家人物展」是金城年繪製的當代韓國兒童文學作家群像，用美術和兒童文學攜手向世界展示韓國兒童文學的龐大陣容，韓國的企圖心由此可見一斑。「韓國兒童文學一百年」則將韓國兒童文學發展史上的重要刊物、人物、事件照片等文獻做一次盤點，簡要的勾勒出百年的歷史風貌。「李在徹紀念遺物展」提供了數十件前韓國兒童文學學會會長，也是亞洲兒童文學大會發起人——李在徹的遺物，包括照片、生活用品、文具、獎座等東西，讓後輩睹物思人，再繼李在徹未竟的兒童文學遺志。「昌原兒童文學獎作品展」將今年度選出的三名圖畫書作品陳列介紹。

五、另一個角度觀察

　　不知是不是義大利人天性浪漫、幽默迷人，本屆大會的歐美代表中，鋒頭最健的當屬義大利的Baccalario，他一舉手一投足都充滿魅力，他的發言談到自己兒時閱讀到的童書，美好的記憶透過他的妙語傳出，引發諸多掌聲。我很喜歡他說的：「如果有一樣東西是童書教給我的話，那就是引發我想閱讀其他書籍的欲望。」Baccalario不談兒童文學可以擁有什麼教育功能的目標，純就個人生命經驗娓娓道來，但他的話語一樣很有力量可以打動人，欣欣然的

看待閱讀這行為。

　　針對亞洲的韓國、中國、日本和臺灣四國，我還有一個有趣的觀察：韓國代表（尤其是女性）多半會盛裝打扮，以傳統韓服出席；他們對於推銷自己的作品不遺餘力，即使語言不通，但憑幾句英文，也會把握機會自我力薦，同時各兒童文學團體的動員組織與合作，都有讓人敬佩之處。

　　日本這次派出二十八位代表，陰盛陽衰僅有四位男性代表，女性學者占大宗，全部具有一種知性優雅的氣息。和其他各國代表偏中老年，中國和臺灣有年輕化傾向，中國出席不少年輕的編輯、作家，分布在天南地北，南腔北調交流起來亦有一番趣味。我連續參加五屆大會的觀察下，發現這是臺灣兒童文學作家比較少涉足的場域，臺灣的作家如果多出來看看，對創作雖然不見得有直接影響，可是讓自己的作品被看見，在交流中刺激新想法，長遠來看不失為創作的一股活水能源。

　　最後再思索韓國出版的一個經驗：韓國出版童書的各主要出版社幾乎都設有兒童文學獎項，可持續發掘有實力的新人。新人新作亮相，也在政府和民間當推手努力下，積極前進波隆納等國際兒童書展，且近年連戰皆捷，在市場亦引發讀者的巨大迴響。

　　臺灣童書市場小，隨著出生人口下滑，又受視聽媒體波及，閱讀人口買書率亦見下滑。創作發表媒體萎縮，兒童文學獎沒長進，政府不夠重視……，整個生態現象看似悲觀，但悲觀中又見樂觀，因為我們一直擁有活力十足的創作者和出版社，還有遍布全臺灣熱忱奉獻的故事志工，依然在為臺灣的兒童文學發展鋪設沃土養分。2016年下屆亞洲兒童文學大會輪到臺灣舉辦，我們要展現怎樣的兒童文學實力讓人看見，現在開始我們必須謹慎思考了。

　　　　　　　　——原刊《國語日報》兒童文學版，2014年8月31日、9月7日

在共生共榮的想像裡看見什麼？
——第十四屆亞洲兒童文學大會的省思

一、打開亞洲兒童文學大會這扇窗

　　由韓國發起，創始於1990年的亞洲兒童文學大會，每兩年會輪流在韓國、日本、臺灣與中國舉行。2018年8月17日至21日的第十四屆亞洲兒童文學大會在中國湖南長沙市盛大舉辦。本屆大會匯集來自中國、韓國、日本、臺灣、香港，更難得的是也有尼泊爾、斯里蘭卡等地方超過三百多人歡聚一堂，扣著「亞洲兒童文學的境遇和走向」主題，一同探討思索亞洲兒童文學目前的境遇和未來。

　　觀察這屆大會，不難看出中國自2016年曹文軒榮獲國際安徒生獎殊榮之後，傾國家之力大舉扶持兒童文學發展的企圖心與成果已見豐收。根據中國國家新聞出版廣電總局發布的《二〇一六年全國新聞出版業基本情況》，童書在2016年累計出口729萬多冊，占圖書出口數量50.33%，由此可見，中國童書在國外已經廣泛傳播有一定影響力了，且得獎效應持續，例如曹文軒少年小說《青銅葵花》已經有法國等十四國版權輸出，英文版2017年11月還入選《紐約時報》年度童書榜，這是中國兒童文學作家首次入選該榜。曹文軒的圖畫書作品《羽毛》英文版，也剛於今年奪下國際兒童讀物聯盟美國分會發布的國際傑出童書獎，曹文軒儼然是中國兒童文學走向世界的指標了。

　　由此可證，本屆亞洲兒童文學大會對中國的重要性，所以中國與會嘉賓名單一字排開：德高望重的蔣風、張錦貽、韋葦、饒遠，到中生代的朱自強、王泉根、梅子涵、孫建江、張之路、吳其南等人，還有青壯輩的李利芳、王蕾、談風霞、王林等人，幾乎一線的學者都雲集至此了，理論與創作持續熱絡互相影響，中國童書的盛世毫無疑問已經到來。

二、韓國與日本的兒童文學現況

　　日本這幾年經濟衰退頗多，對出版業當然有衝擊，可是兒童文學創作依舊維持一定高度被重視，創作人才亦推陳出新生生不息。特別是今年角野榮子榮獲2018年的國際安徒生獎，想必會再一次激勵鼓舞他們。角野榮子的成名代表作《魔女宅急便》，以細膩刻劃少女成長心理受歡迎，被宮崎駿改編成動畫後更是名聞遐邇。此次大會日本的野上曉論文〈後三一一時代中繪本表現的變化〉，以2011年3月11日福島大地震及海嘯事件後為時間點，觀察自然災難帶給人們的恐懼和毀滅，也促使人們在思考過度依賴核電的危險，相關議題順勢出現在例如《天亮了，打開窗子吧》、《希望牧場》等諸多圖畫書中，推動思想與社會改變的力量。

　　韓國自1923年《小朋友》雜誌創刊以來，童謠就一直是兒童文學發展重心。韓國的姜正求〈姜小泉的童謠童詩集《南瓜花燈籠》中出現的童心性〉一文，便以1930年代韓國童謠童詩的代表作家姜小泉為中心，分析他追求純粹童心、遠離慾望的思想和創新語言節奏。近年韓國政府和民間合力，也積極將童書出版產業規模和影響擴大，希望能仿效創造影視作品、流行文化大量輸出的熱潮，讓韓國兒童文學作品翻譯走出去，像韓國外國語大學的韓國翻譯院，組

織下設翻譯出版總部，便戮力於此任務。

三、聚焦「現代性」的問題探索

再就大會發表的三十篇論文來看，以地域交流發展歷程和現象來論述的有日本成實朋子〈民國時期日本童話和朝鮮童話在中國的譯介〉、韓國金鍾會〈兒童文學國際交流的昨天、今天、明天〉等數篇。

其他論文聚焦面向，有個別作家的作品析論、兒童文學美學與教育問題、創作主題的敘事探索，「現代性」（modernity）的性質或特徵，穿梭在許多論文之中，標誌著當代亞洲兒童文學創作必須與時俱進，新思維與舊包袱的拉扯，需要慢慢找到方向。還有延續前幾屆關於各國家兒童文學創作如何奠基傳統文化，又能與全球化接軌的議題，本屆也有中國舒偉〈神怪之淵藪，幻想之武庫──《山海經》與童話敘事〉、方先義〈如何提升中國幻想兒童文學創作的文化重量──以中國新神話小說創作為例〉尋思如何汲取經典對現代兒童文學創作的養分。不過，朱自強在主持第三場論文發表結語時，亦拋出一個頗耐人尋味的問題：中國兒童文學不能只是繼承，要不要超越？超越也攸關於「現代性」，相信亞洲各國的兒童文學未來還會在這個問題上繼續打轉尋找出口。

四、臺灣代表的論文面向

臺灣此次代表的論文發表者有許建崑〈閱讀進階版：文本影像化與影像闡釋力〉，談論到文字文本若能借取電影運鏡技巧，可以幫助這一代受影像文化餵養長大的孩子，激發想像力，找到文字

符碼圖像化的樂趣。黃雅淳〈是典範還是規範？——論曹文軒《蜻蜓眼》中的定型化女性形象〉，批判了曹文軒少年小說《蜻蜓眼》對女性形象的描寫，仍然充滿男性意識規範的危險。游珮芸〈亞洲的童年風景——幫大人跑腿的小女孩們〉，以比較文學的方法探悉臺灣《小魚散步》、韓國《四點半》和日本《第一次上街買東西》三本圖畫書的主題和意象，小女孩跑腿幫大人買東西的童年經驗呈現，游珮芸認為沒有「小紅帽包袱」。謝鴻文〈審美現代性意義下的鄉土與懷舊——論林鍾隆《蠻牛的傳奇》〉，以現代性的審美視角，詮釋出林鍾隆《蠻牛的傳奇》示現的鄉土烏托邦想像，在10月18日林鍾隆逝世十周年紀念日前發表，具有特別的紀念意義。江福祐〈臺灣兒童閱讀的現況、隱憂與展望〉，從教學現場的經驗揭弊，舉陳了求功近利的傷害。

　　原籍香港，但也已具備臺灣公民身分的林彤，〈尋找我城的風景——論香港繪本創作中的鄉土書寫〉研究了《電車小叮在哪裡？》等幾本圖畫書如何在中西文化交融夾雜的香港，建構出香港的本土文化圖像。

五、論壇的思想交流激盪

　　大會第二日設有四場論壇，主題分別是「當下兒童文學創作的困境與突破」、「新媒體語境下兒童文學的出版與傳播」、「圖畫書的敘事藝術和視覺素養」、「兒童閱讀方案及未來教育場景探討」，共計四十多人次報告。亞洲兒童文學目前很明顯都有以圖畫書為重點發展的趨勢，圖畫書的蓬勃，連帶帶動兒童閱讀的相關文化產業因應而生，研究圖畫書在教學應用的方法，俱成為論壇報告的重點。

　　例如日本大竹聖美報告〈生命力與想像力──從亞洲作家連續獲得國際安徒生獎的現象來看〉，分析近三屆國際安徒生獎得主上橋菜穗子、曹文軒、角野榮子的作品特色，同時回顧了過去赤羽末吉、安野光雅、窗道雄帶給西方的新鮮感，強調根植於東方文化，加上藝術的想像力創思，以及吸引人的故事或圖像，就是作品的生命力來源。

　　大會閉幕式上，中國學者王泉根代表為本屆學術總結報告提到，亞洲兒童文學發展應有各種問題意識、創新意識和跨文化研究的比較文學方法與學術品質，為豐富、建構亞洲兒童文學理論體系、展開進一步的對話交流提供新的有價值的思維成果。

六、大會缺失反省

　　我參與了多屆亞洲兒童文學大會，深刻感受到攜手共生共榮本就是亞洲兒童文學的精神，然而這屆大會有些事做得不夠體貼細緻，值得我們警惕。依往例最基本的論文集至少應該準備韓文、日文、中文三種語言版本，可這屆大會卻嚴重疏失，只有中文版，交流美意立刻打了折扣，對韓國、日本與會者顯得不夠尊重。

　　另外一個最讓人詬病的是，整場大會淪為亞洲兒童文學大會中國分會長湯素蘭的個人秀。各國代表的童書展，湖南少年兒童出版社將湯素蘭十幾本作品，擺在最明顯的位置，還擺得整整齊齊，其他各國，包括中國其他代表的書，全部被亂擺亂塞，簡直像擺地攤擠成一團。在會前，主辦方要求參與者的報名表，都有填寫書單、簡介，本以為這些簡介是會被拿出來配合展示用，結果沒有。此外，在出版論壇那場活動，還刻意安排湯素蘭的作品尼泊爾及斯里蘭卡外文版的新書發表會，吹捧意味太明顯，未來承辦的地區，也

當以此為鑑。

　　比較亞洲各國兒童文學現況後，看見日本或韓國的兒童文學，即使沒有像中國瞬間大爆發躍進的氣勢，卻也沒有懈怠停緩過。相較之下，臺灣正透露出衰疲被凌駕而上的傾向，除了圖畫書尚有優勢，其他文類不論出版、創作與理論研究都見發展遲滯的現象，不可再輕忽自滿於現狀，亟待政府和民間通力合作復甦。

　　　　　——原刊《國語日報》兒童文學版，2018年9月23日、9月30日

90 年代後兒童與成人繪本在臺灣出版 X 創作的共振與合奏

一

　　圖畫書（picture book），或臺灣普遍常用的「繪本」（源自日文），這一類型的創作在臺灣興盛，嚴格說起來是1990年代之後。

　　1991年Joseph H. Schwarcz和 Chava Schwarcz合著的《The picture book comes of age：Looking at childhood through the art of illustration》觀察圖畫書未來將引領成為閱讀的主流，兒童必然要迎接此閱讀新紀元的來臨。由於當代文化轉型傾向視覺化，借用海德格（Martin Heidegger）〈世界圖像時代〉一文裡表述的說法：「從本質上看來，世界圖像並非意指一幅關於世界的圖像，而是指世界被把握為圖像了。」於是我們可以說，現在是「世界被把握為圖像」的時代。

　　在兒童文學裡，圖畫書是19世紀末才興起的創作類型，定義最簡單明瞭的例如大衛‧路易斯（David Lewis）在《閱讀當代圖畫書：圖繪文本》所言：「是結合了兩種不同表現模式──圖畫（pictures）和文字（words）──成為一個複合的文本（composite text）。」換言之，圖畫在繪本中不再只是「插圖」的配襯而已，而是與文字一起雙聲交響；若以此觀點回頭去看1990年代之前，臺灣不是沒有繪本，只是在創作形式與概念的完成，大部分出版品中的圖畫地位，仍屬陪襯文字的成分居多，少了文圖同步說故事的概念。

　　1988和1989這兩年，可視為臺灣繪本出版風氣與理念受到刺激
的轉捩點。首先是1988年，信誼基金會創辦信誼幼兒文學獎，此文
學獎獎勵本土幼兒繪本創作，歷年來拔擢出施政廷、林宗賢、陳璐
茜、陳致元、孫心瑜等人，日後皆成為臺灣重要的繪本作家、插畫
家；同時配合基金會所屬「幼兒圖書館」開幕，邀請了1984年獲得
國際安徒生獎的日本繪本作家安野光野訪臺演講。1989年，最振奮
臺灣兒童文學界的一件大事，就是徐素霞以《水牛與稻草人》的圖
成為臺灣入選義大利「波隆納國際兒童書展插畫展」的第一人，
「波隆納國際兒童書展」從1967年創辦以來，提供出版商、版權代
理商、兒童書插畫家相互交流，每年入選插畫展的作品儼然該年度
最優秀的插畫作品，其藝術創意與巧思受重視，也會為創作者成為
國際知名繪本作家鋪路。這兩件事對後來臺灣繪本蓬勃發展具有一
定的影響。

　　徐素霞的繪本為臺灣在國際發出第一響，爾後幾年陸續有陳
志賢、王家珠、劉宗慧、楊翠玉等人躍上「波隆納國際兒童書展插
畫展」、西班牙「加泰隆尼亞插畫大展」、及捷克「布拉姆國際插
畫雙年展」等國際舞臺，直接帶動出版社將目光焦點投向繪本，臺
灣繪本出版與創作熱絡起來，入選得獎效應已不僅是微小的漣漪效
應，而是童書出版一次規模宏大的「蝴蝶效應」了。

二

　　90年代開始動作最積極的當屬格林文化、遠流文化、臺灣麥
克、青林國際、上誼文化這幾家。格林文化標榜是「臺灣第一家
結合全球三十二個國家、三百三十五位世界第一流插畫家，出版
『高畫質』兒童繪本的專業出版社。」得力於郝廣才多方引介歐

美的繪本名家名作，英諾桑提（Roberto Innocenti）、安東尼‧布朗（Anthony Browen）、湯米‧溫格爾（Tomi Ungerer）、羅伯‧英潘（Robert Ingpen）、卡門‧凡佐兒（Carme Solé Vendrell）、朱里‧安諾（Giuliano Ferri）、大衛‧威斯納（David Wiesner）等人很快在臺灣被熟知，這些才華卓越的繪本作家，充滿實驗創新精神，各具鮮明特色，圖像深具魅力。

遠流出版的「繪本童話中國」系列，包括《神鹿》、《老鼠娶新娘》、《七兄弟》、《二郎》、《顧米亞》、《青稞種子》、《火童》等書，集結了國內優秀的作者、繪者，挑選中國各民族代表性民間故事，精編新寫，細繪慢描，風格典雅有令人驚豔之感，有多本已授權英、美、日、韓、丹麥等外語版本，在國內外得獎連連，堪稱本土自製繪本的一次華美實力展現。遠流掀起的另一波繪本熱浪則是在林真美的策劃下，以「大手牽小手」為書系名稱，催生翻譯出版了《在森林裡》、《自己的顏色》、《小房子》、《莎莉，離水遠一點》等經典繪本，林真美同時透過帶領「小大讀書會」開始推動親子閱讀，受她啟發的媽媽也逐步在臺灣各地開枝散葉。

臺灣麥克以嚴格精選，編輯企畫套書起家，「臺灣麥克精選世界優良圖畫書」、「繪本莎士比亞」、「大師名作繪本」、「世界繪本樂園」等幾套書推出都曾造成一股風潮。但其透過直銷賣書的方式，則引起兩極化的反應。特別要提的是「大師名作繪本」全套六十冊，將諾貝爾文學獎殿堂裡的諸多文學家的作品，在盡量不影響原著精神下刪修成較適合兒童閱讀的短篇故事，其理念頗契合以撒‧辛格（Isaac Bashevis Singe）曾說的：「小孩是文學的最佳讀者，在我們這個時代，當成人文學正在墮落時，給小孩看好書，成了唯一的希望。」但從另一個角度來看，由於這些世界文學名著最初非為兒童創作，所以說它們是以成人繪本的姿態出現亦無不可。這套

繪本中還有兩個值得注意的地方，一是當中也包括了四冊中國、臺灣的作家作品，分別是老舍《馬褲先生》（繪圖／黃本蕊）、魯迅《狂人日記》（繪圖／黃本蕊）、黃春明《兒子的大玩偶》（繪圖／楊翠玉）、鄭清文《春雨》（繪圖／幾米），將這四人和其他作家相比，文采與內涵並不遜色；第二則是這套繪本出版於1996年，在《春雨》一書中我們已看到了尚未成名前的幾米用圖說故事的出色能力，幾米描繪出那種霪雨霏霏，不停滲出清明掃墓輕淡哀思的圖像，和鄭清文的小說文字相得益彰。

三

　　1990年代末期至今，加入繪本出版有成的出版社更多了，例如三之三、小魯、道聲、和英、玉山社、東方、大穎、米奇巴克、大塊、小天下、天下雜誌……等，有的是綜合型出版社，有的專營繪本，繪本一躍成為童書出版、閱讀、創作主流，市場一片熱鬧滾滾。然而要在大家都瘋出版繪本的競爭情況下脫穎而出，各家出版經營的特色便是首要。

　　我認為比較有特色的幾家如道聲出版社，因為具有宗教背景，不管本土創作或翻譯，出版定位在「生命教育」，本土創作者中捧紅了劉清彥，劉清彥是臺灣目前少數以繪本文字創作為主的兒童文學作家，他的文字一貫溫婉，有種清平祥和之氣。米奇巴克衷情法國繪本，出版過《敵人》這樣從「我」的哲學角度去思辨戰爭、人性的複雜糾葛，大衛・卡利（Davide Cali）的文字力透紙背，意涵深沉；有趣的是沙基・布勒奇（Serge Bloch）的圖卻運用漫畫式的輕鬆隨性線條去表現士兵的情緒起伏與思索。小魯出版社對日本繪本有所偏好，引入伊東寬、工藤紀子、松岡達英、宮西達也、長谷川義

史等繪本作家作品，這些日本繪本多半為學齡前幼兒創作，文字故事以幽默可愛見長，洋溢著童心童趣。隨著「韓流」的文化創意產業席捲世界，韓國繪本也成為新一波的矚目對象，而有白希那等人的作品也被引入。

　　繪本在臺灣童書出版深深扎根同時，連帶成人繪本也萌發受到大眾注意，影響改變的關鍵人物就是幾米。成人繪本也有人稱為「圖文書」，但圖文書其實內容性質，敘事形式和繪本仍是略有差別的；圖文書作者中有相當多人是從部落格發跡，他們擅長將日常生活瑣事、職場見聞、愛情關係等題材透過較輕鬆通俗，自娛娛人的筆調書寫，再輔以一些漫畫式的手繪塗鴉提示焦點，圖像其實還是居於插圖的地位，例如張妙如、徐玫怡合著的《交換日記》系列；也有一些如彎彎的作品，文字量少一點圖多一點或有分格概念，呈現模式又和漫畫的定義有重疊的曖昧。因此還是要用成人繪本來界定區隔像幾米這類創作者才對。

　　幾米帶動成人繪本風潮，他的傳奇從1998年出版《森林裡的祕密》、《微笑的魚》開始，他如同巴哈音樂澄淨的畫風與抒情詩般的意境，憂悒沉靜獨特的個人氣質，迅速引發讀者矚目。隔年出版的《向左走，向右走》、《月亮忘記了》等書，更是把他推向暢銷高峰。幾米圖像的周邊商品，經過精心包裝，實踐了文創產業的理想產值。另一方面，幾米的繪本成為跨領域創作所愛，改編成音樂、電影、戲劇、動畫等形式，對他作品的傳播具有推波助瀾的作用。

　　金石堂書店將幾米評為2002年度「出版風雲人物」之一，在《2003出版情報特刊》中，蘇惠昭的一篇報導〈拒絕被定格的人：幾米〉有一段很耐人尋味的描述：

幾米不是紅，而是特紅，像鮮採蕃茄汁，大陸甚至火過臺灣，
紅火到享有名人該有的所有困擾，於是他掉進一個複雜迷離
的異境，感覺自己好像變成被各種力量滲透而扭曲的異形，
半夜三更總是想打電話給朋友述說這種不真實的感覺，想要
任性的說「如果可以不寫不畫有多好啊」，腦中又忽然迸出
一句讓自己覺得很不爽的「得了便宜又賣乖」，算了，他吞
回話，畢竟不是孩子可以無理取鬧，隨便說話還可以用童言
無忌的盾牌去擋，黑暗中更深重的寂寞輕輕擁抱他像老朋友，
所以他不怕不快樂，也不怕痛苦了，想要快樂就要面對生命
中的不快樂和痛苦吧。

　　這段話真切捕捉到幾米爆紅之後的心境，但調適過後，現在
的幾米如同《幾米故事的開始》一書裡自述：「對我來說，創作是
工作，也是娛樂。可以一整天做自己喜歡的事，我覺得很棒，我非
常喜歡現在的生活形態。」因為喜歡，持續創作，幾米遂能不斷地
帶給我們驚喜與感動，2013年更成為臺灣第一個入圍林格倫獎的作
家，成就不凡。

四

　　幾米的繪本還有一個有趣的現象，就是他先以成人繪本成名，
之後才轉向創作兒童繪本，出版了《我會做任何事》（文／傑瑞・
史賓納利）、《不睡覺世界冠軍》（文／西恩・泰勒）等書，文字作
者均是外國人，這樣的創作歷程與出版合作模式在國內亦屬罕見。
　　幾米刮起成人繪本旋風之後，雖然市場上湧現的創作者不少，
但到目前為止我們還難找出一位可與幾米現象相抗衡的，有的是在

出版社一窩蜂之下急就章推出，創作者自身的風格定位不夠鮮明突出，最遺憾就是複製幾米，像愛米粒《美好的一天》，不管用色構圖、畫面元素……，全是幾米的影子，但技巧卻顯得拙劣造作，還有文字的感性也難望項背，就是東施效顰而已。

如果讓我挑一個幾米之後，較具有代表性，而且圖像辨視度高，個人風格已純熟的創作者，我會首推恩佐。恩佐從第一本創作《海豚愛上熱咖啡》開始，以及後續出版的《最遠的你最近的我》、《寂寞長大了》、《因為心在左邊》等書，他的畫風傾向唯美浪漫，設色淡雅但層次豐富，人物造型與構圖元素都很成人，不像幾米仍保留較多富有童稚趣味的圖像。恩佐的文字氣息與幾米亦有幾分相似，常會出現「寂寞」、「悲傷」等字眼，但又同時夾雜著「快樂」、「夢想」等期盼，深刻地咀嚼著人生的百種滋味，所以文圖相契傳遞出頗具撫慰人心的療癒效果。

本文大致上將1990年代兒童繪本與成人繪本在臺灣的共振發展，從出版與創作面的合奏做一次導覽分析。香港的書伴我行基金會，2009年起舉辦了第一屆「豐子愷兒童圖畫書獎」，表彰華文世界的繪本，是目前華文世界獎金金額最高的兒童文學獎。至2013年舉辦第三屆，歷屆臺灣的繪本創作在入圍和得獎比例高達八成以上，可見臺灣繪本在華文世界居領先地位，這都是我們珍惜的可貴成果，由此基礎上再求進發展，未來不管兒童繪本或成人繪本編輯與創作品質上的精進要求便更顯重要，臺灣才能維繫領先的地位。

——原刊《文訊》第342期，2014年4月

全球化視野中當代臺灣繪本的本土化建構

　　全球化（globalization）這個概念，立基於各種視聽傳播媒體科技的發達，五大洲世界的國家、民族、語言、文化，彷彿都沒有了時空地域疆界的隔閡，彼此之間有了更多的匯流滲透。但全球化容易被誤解為在一個強制支配下產生的「同質化」（homogenization），或是西化，於是全球化如同一隻巨大的怪獸，會把自身的文化吃掉滅除。對此憂心也不無道理，但我們也不用太過標舉民族主義，強烈的排他，完全自絕於全球化潮流之外，反而顯得坐井觀天。

　　其實，全球化思想更在意的核心是全球與在地的關係，如同 Roland Robertson《全球化：社會理論與全球文化》一書提出的「全球在地化」（glocalization）概念，他提醒我們全球化並非要形成一個一致性的世界文化，而是跨越了國家的界線，使人們接觸多元文化同時，亦應刺激對在地文化進行創新重組，進而引發更多在地文化的認同。這就是尋找「異質化」（heterogenization）的產生，換言之，全球化和本土化可以並行不悖，既能互相交融對話，也能保有各自的殊異特質。

　　在全球化視野中觀察當代臺灣兒童文學的創作發展，我覺得可以從繪本做例子，因為這種類型的創作是目前臺灣兒童文學的主流，而且諸多創作都扣緊了全球化的思潮，能呈現多元文化包容、碰撞後的本土創作實踐。

　　繪本在臺灣的發展，1990年代前尚不普遍，出版品和現在的精美質感亦有段距離。自1990年代當時經由臺灣麥克、格林、遠流等出版社開始，大量引介翻譯歐美日本的繪本，打開臺灣讀者視野，漸進在臺灣塑造成一股閱讀風氣之後，本土創作者更是如雨後春筍冒出，各家出版社順水推舟，加上學界推波助瀾，很快便讓繪本坐上兒童文學的大位。

　　繪本的盛行，自也說明這是一個視覺領導文化的新紀元。新世紀以來，臺灣冒出許多繪本作家，例如幾米、張又然、陳致元、蔡達源、鄒駿昇、孫心瑜、陳盈帆、李如青……等人，他們不僅在臺灣受歡迎，也在國際間受到矚目，比方義大利波隆那兒童書展的插畫展都是他們競豔的舞臺。

　　這些創作者風格特色鮮明，在創作上不拘於某種材質，各憑本領用文字與圖像說故事。其中不乏可以展現濃郁臺灣味的作品，例如陳致元的《小魚散步》，雖然沒有指出是哪個城鎮，可是透過女孩小魚的眼睛和腳步，使我們看見了臺灣住宅普遍的鐵窗現象，看見了具有人情味的雜貨商店，是一幅恬淡樸實的社區常民生活寫真。張又然的《春神跳舞的森林》（文／嚴淑女），以阿里山的鄒族神話為經緯，編織出想像瑰麗的圖文。蔡達源的《廖添丁》（文／方素珍），充滿戲劇張力的重現日治時期臺灣民間的傳奇「義俠」廖添丁的故事，臺灣的街景、圖騰，意象豐滿。陳盈帆的《123到臺灣》，以學習數數的幼兒圖畫書概念，示現了包括臺灣黑熊、玉山、日月潭、水果等臺灣的象徵。

　　當然，我們還可以從臺灣近年桃園、臺中、臺南、高雄等縣市政府文化局，以及部分出版社投注心力出版的地方文化繪本，挖掘地方人文特色、關照歷史地理，不失為一種讓孩子親近土地，建立情感認同的途徑。例如《臺南孔廟好好玩》（文／幸佳慧、圖／林

柏廷），聚焦臺灣在明鄭時期建立的臺灣第一座孔廟，以兒童天真好奇的眼光去探索孔廟的歷史、建築和周圍環境的自然生態，很快可以引領兒童切入瞭解臺南孔廟。《奉茶》（文／圖・劉伯樂）再現臺灣早期社會中，無論是路旁、樹下、廟前或是渡船口，到處可見善心民眾準備一個大茶桶或是一個茶壺，壺口倒蓋著一個杯子或碗，茶桶或茶壺貼著「奉茶」字樣，提供給路人免費飲用的茶水。這溫馨的人情，藉由土地公巡察各區土地所見帶出故事，故事尾聲更見驚喜的是，土地公將這充滿濃濃人情味的奉茶，帶回天庭送給玉皇大帝當賀禮，玉皇大帝龍心大悅也決定在神仙往來天庭的南天門門口，擺上一壺奉茶。整個故事盡顯臺灣鄉土風情，如此善美值得繼續守護傳衍。《埤塘故鄉》（文／謝鴻文、圖／陳俊華）以桃園八德霄裡池為中心，擴展出一個移居海外的少年返鄉，拾回幼年和爺爺在此生活的記憶，描繪桃園臺地上的埤塘生成、歷史演變，扣緊這片土地的地景特色，圖像基底以牛皮紙般的泛黃為主色調，營造懷舊的氛圍。《烏山頭水庫和八田與一的故事》（文／圖・施政廷）用精細的工筆，把臺灣在日本殖民時期嘉南平原上貧苦的農民耕種著零星散布的「看天田」，耕作水源全仰賴天雨，所以只能種些旱稻、番薯和花生等雜糧。等到日本土木工程師八田與一用獨特工法興建了烏山頭水庫後才改變了這個情形的故事溫暖重述，頗有讓人飲水思源之用意。

　　如果用「多如牛毛」來形容新世紀以來這些本土化的臺灣繪本還有點誇張，不過，不可否認的是這類型的繪本仍然穩定的成長出版中，且質與量俱佳是可喜的事。

　　除了這些具本土化、異質化的繪本，我們也能夠看到一個極特殊和國際接軌的案例。那便是——幾米，幾米肯定是臺灣，甚至是華文兒童文學界的異數，不但已成功塑造成為一個品牌，近

年亦透過多種藝術跨界的合作，讓他的創作傳播影響更深遠。幾米和國外作者傑瑞‧史賓納利（Jerry Spinelli）、喬依絲‧唐巴（Joyce Dunbar）等人文與圖分工，分別合作《我會做任何事》、《吃掉黑夜的怪獸》等作品。從幾米成功輸出的範例上，又證明了一件事：即使作品風格無關臺灣本土，然而憑藉著獨樹一幟的抒情韻味，使他充滿綺麗異想的圖像與詩意盎然的文字躍上國際。另一種跟隨全球化的方式，則是一些文化思想上的表現，諸如地球暖化、非核家園、多元性別……等，臺灣的繪本亦逐步在嘗試，例如黃郁欽的《好東西》和陶樂蒂的《我沒有哭》，這對夫妻檔分頭創作出臺灣首見的反核繪本，引發不少思考討論，時代意義不凡。

　　繪本當道之下的兒童文學生態，也讓人不無憂慮。如同周憲《視覺文化的轉向》所言：「『讀圖』時尚的流行，已在相當程度上不同於傳統的純粹文字型的讀物。其中並不排除讀者重圖輕文的閱讀取向。我認為，『讀圖時代』讀圖蔚然成風的背後也許有某種隱憂，那就是圖像通過對文字的壓制和排擠而產生了圖像的『暴政』。」這段話大部分我都同意，唯「暴政」一詞還稍作保留；畢竟在給孩子看的繪本中，文字故事仍舊是重要不可切割的部分，若孩子對圖像的訊息符碼審美理解能力還不夠時，文字的存在就是必要了。我更在意的全球化視野中當代臺灣繪本如何進行本土化建構，還有出版社如何持續培養創作人才，繪本的文字創作人才目前看來是缺乏的，因為有些繪本作家只擅長圖，但用文字說故事的火候不足，這些問題還要一一解決，臺灣的繪本體質才能更健康。

　　　　　　　　　　　　——原刊《火金姑》秋季號，2015年11月

回望二十一世紀初臺灣兒童文學：
黃金十年，抑或衰退的十年？

一

　　1912年，臺灣總督府民政局學務課編印出版《第二埔里社鏡昔話》，這本民間傳說故事集，被林文寶、邱各容合著的《臺灣兒童文學一百年》視為臺灣兒童文學發展的發軔，邱各容進一步表示臺灣兒童文學元年由此開始，主要考量是「以臺灣為主體性」當作出發點。邱各容基於此觀點，所以排除以稍早的1907年，同樣由臺灣總督府民政局學務課編印出版的《桃太郎昔話》作為臺灣兒童文學的開端。

　　邱各容的觀點大致上我是同意的，但仍覺略有不足。一來是目前可考的文獻雖認定《第二埔里社鏡昔話》是出版最早的，但未來是否有新文獻出土推翻此說猶未可知；二則是忽略日治之前的清代，甚至更久遠的荷據時期，臺灣兒童文學有沒有可能再向前追溯，至少民間傳說故事、神話這類口傳文學中就不乏富有幻想童趣，深具現代兒童文學精神的作品流傳，兒童文學的胚胎受益民間口傳文學的滋養而生，早就是學界的共識。例如1921年，時任臺南地方法院檢查局通譯官的片岡巖戮力完成的《臺灣風俗誌》，由臺灣日日新報社出版，這本書搜羅了臺灣人食衣住行育樂各種慣習民俗，可一窺臺灣人的生活風貌，其中便有多篇記錄臺灣的兒歌、兒

童遊戲、小兒謎、童話等內容。不過,《臺灣風俗誌》收錄的十四篇「童話」,雖標榜是「童話」,其實全屬民間故事,而這些民間故事在1912年之前即流傳的可能性極大,換句話說,1912年之前臺灣即使還沒有「以臺灣為主體性」作品出版的紀錄,但是培養兒童文學的歷史溫床早已鋪墊完成了。

2006年,我將碩士論文的研究再修改出版的《凝視臺灣兒童文學的重鎮──桃園縣兒童文學史》一書中曾有感而發:「臺灣兒童文學被看輕看扁,不是我們兒童文學作家不夠努力,是大環境使然,是因為理論建設的腹地還未拓寬,胸襟視野仍有侷限,無法為臺灣兒童文學拋出更響亮的讚美。關起門來的低分貝喃喃自語,怎能讓臺灣文學研究者也聽見兒童文學的聲音呢?」站在2012年的當下再重省,昔日我寫的這段話雖然情況有些好轉,臺灣兒童文學的研究成果也持續累積拓寬加深中,但嚴格說來,臺灣兒童文學研究、出版與創作者的聲音,在整體臺灣文學中仍然是很薄弱的,仍然是在邊緣徘徊冀望走向中心的。

這樣說似乎很洩氣,卻也是我以研究者身分見到的事實。然而,兼具創作者身分的我,又深感臺灣兒童文學出版與創作者即使常被政府、媒體、學界忽視,依舊走在自己堅持的道路上的執著可愛。因此,這篇文章,既可以說是近十年臺灣兒童文學的觀察,更是在向臺灣兒童文學研究、出版與創作者致意吧!

二

回望二十一世紀初前十年(2001~2010)臺灣兒童文學的發展狀況之前,我們不妨再回顧上個世紀的華文兒童文學研究,有幾個論述的焦點:兒童文學的本質、兒童文學的學科建構與發生演進、兒

童文學的審美特質，這三大問題再歸納而論，都與「兒童」在人類歷史、社會文化中重新被發現而存在的思想有關。有新的兒童觀，才促成兒童文學的成形，李利芳《中國發生期兒童文學理論本土化進程研究》一書用類似禮物「給予」的概念闡釋說：

> 接受對象──兒童要求了文學活動的具體形態，「兒童」的元素必然進入了文學，而且是構成這一範式文學的核心精神原質；從兒童的角度看，所屬對象「文學」的安排，潛在的是一種價值觀確定後的給予，這是「兒童的文學」。這個判斷有兩層關鍵蘊意：兒童是獨立的主體，他們有資格、權利、能力去擁有屬於自己的生活世界；文學是人類精神生活的重要內容，兒童理應擁有文學途徑下的精神體驗。

由這段話裡，我們更加確定兒童作為獨立主體，他們不僅具備憲法保障的基本人權，更應該擁有精神的關照，擁有屬於他們的文學藝術形態。是故，兒童文學絕非偶然生成，而是必然要存在了。

兒童文學必然要存在，但為何過去常有人言「兒童文學是寂寞的一行」呢？我認為這也反映了文學界的某種沙文主義，例如不承認兒童文學是文學，視其為幼稚、小兒科，有作家不屑為之……等偏執守舊的思想，幸好隨著時移境遷，這些思想的毒草已被拔除大半，於是我們也看到像黃春明、鄭清文、司馬中原這樣具有分量的小說家亦跨進兒童文學領域，真誠地為孩子寫過不少作品。黃春明不僅為孩子寫作，他還為孩子作戲，成立黃大魚兒童劇團，為其投入不少心力，實已成後輩效仿追尋的典範。

大人者不失其赤子之心，願為兒童寫作，兒童文學的創作陣容自可以增長。但創作人才的培養與延續並非簡單之事，除了創作者

自身的才華、熱情與信念，還要出版環境健全等外在因素的配合。眾所皆知，近幾年出版界一直受困於國際金融風暴，市場景氣不佳的低迷氣氛中，童書出版也不例外。不僅有不少童書出版社結束退場，其中更包括因應凍省，使得臺灣省政府教育廳兒童讀物編輯小組在2002年裁撤，臺灣省政府教育廳兒童讀物編輯小組在1964年6月成立，曾被洪文瓊〈影響臺灣近半世紀兒童文學發展十五樁大事〉列入其中一件大事。兒童讀物編輯小組經歷過彭震球、林海音、潘人木、何政廣等編輯，出版過八百六十八本「中華兒童叢書」、「中華幼兒圖畫書」、《中華兒童百科全書》、《兒童的雜誌》等書籍，三十多年來幾乎是許多臺灣兒童童年記憶的一部分。

　　如此重要的兒童讀物編輯小組裁撤，似也宣告童書出版轉成民間主導的新時代來臨。民間這十年雖然有孩子王、臺灣英文雜誌社、東方出版社、民生報社等多家童書出版社關門，卻也有和英、大穎、米奇巴克、小天下、親子天下、阿布拉教育文化、阿爾發、小熊、四也等生力軍加入；加上本來不是經營童書，也跨界參與的天下雜誌社、康軒文教、三采、道聲、螢火蟲等出版社，俱豐富了這十年的臺灣兒童文學。

　　幾家新出版社中，天下雜誌社2006年出版由林世仁、哲也撰寫的七冊「字的童話」系列，以橋樑書形式，經過縝密的編輯企畫，將文字的形音義用趣味的童話來詮釋，既富語文教育功能，兼具文學性，至2012年已創下暢銷30萬冊的空前紀錄，也獲得好書大家讀等獎項，林世仁和哲也更因此成為當前臺灣童話創作不可動搖的中流砥柱。同樣是2006年，天下雜誌社還推出張曼娟策劃的「張曼娟奇幻學堂」系列四書，分別邀請她的學生孫梓評、張維中、高岱君，及張曼娟自己撰寫根據《鏡花緣》、《西遊記》、《唐傳奇》和《封神演義》四本古典小說新編的故事，現代的語法和古典雅趣

巧妙相融，也引發一陣熱烈迴響，銷售長紅，因此天下雜誌社可謂
這十年成長最快速，又名利雙收的童書出版社了。

　　而老字號的小魯、小兵、信誼基金會、國語日報社等出版社
堅守崗位的精神值得肯定，出版的面向與時俱進的拓展，他們共同
組成的童書出版產業，使得這十年臺灣兒童文學展現的發展面貌，
實在很難絕對的說好或不好。其複雜、質與量的變化，實在是遠遠
超越上個世紀任何時期，值得多方深究，故本文才有副標「黃金十
年，抑或衰退的十年？」的感發。

三

　　2000年，幼獅出版林文寶策劃的「兒童文學選集1988~1998」
七冊，分別是張子樟主編的《沖天炮V.S彈子王──兒童文學小說選
集》、馮輝岳主編的《有情樹──兒童文學散文選集》、曾西霸主
編的《粉墨人生──兒童文學戲劇選集》、洪志明主編的《童詩萬
花筒──兒童文學詩歌選集》、馮季眉主編的《甜雨・超人・丟丟
銅──兒童文學故事選集》、周惠玲主編的《夢穀子，在天空之海
──兒童文學童話選集》、劉鳳芯主編的《擺盪在感性和理性之間
──兒童文學論述選集》，這套選集幾乎含蓋了兒童文學各文類創
作與論述，可以視為前一個世代臺灣兒童文學發展狀況的總結。

　　新世紀臺灣兒童文學在這些基礎上向前，首先就文類來分析，
二十一世紀初前十年最大的變化是圖畫書（繪本）崛起，而且勢力
越來越龐大，地位越來越重要，其文圖結合的深蘊在學界也被廣泛
關注，躍升成為顯學。例如楊茂秀最早提出「繪本演奏」的概念，
並實踐應用於說故事活動，以及兒童哲學討論上；爾後，楊茂秀又
主張「繪本沙拉」的思考模式，意圖給閱讀者思考，乃至創作圖畫

書時體悟文與圖多樣豐富的組合變幻帶來的逸趣，他更著有《重要書在這裡》等書闡釋他的理念，特別是從文字的韻律，以及圖像的語言之間的聯繫找尋樂趣的思路頗具啟發性。

另一位圖畫書的重要推手林真美，留日學成歸國後，引進日本「家庭文庫」的概念，開始推行親子共讀，並長期致力譯介英、美、日等國的圖畫書，2000年她與帶領的「小大讀書會」成員進一步在臺中創設「小大繪本館」。

特別值得一提的是，親子共讀的理念經過這十年的推動，效應的確有擴散深入進到許多家庭，但要說每個家庭都能做到親子共讀，恐怕還要一段長路要走。再則2000年因為當時教育部長曾志朗登高一呼要推行兒童閱讀，這事也的確熱鬧火紅一陣，重視兒童閱讀的小學確有增加，可是曾志朗一下臺就政亡人息，政府對兒童閱讀的著力愈來愈薄弱，民間的熱情與力量反倒似未滅的盛火，且如同蒲公英種子美麗的飛行傳播，民間自發營運的圖書館／繪本館／故事屋／兒童書店漸成風氣，這十年來我們看見有「貓頭鷹繪本圖書館」、「五餅二魚兒童書店」、「花婆婆繪本館」、「張大光故事屋」、「小樹的家繪本咖啡館」、「凱風卡瑪兒童書店」、「斜角巷故事屋」、「花栗鼠繪本館」……等在臺灣落地生根，建構出新一波的兒童文化產業。可喜的是，這些機構並未侷限在臺北、高雄幾個大城市，例如曾落腳於花蓮的「凱風卡瑪兒童書店」，就為後山的兒童文化灌溉出豐沛的能量活水。（2013年書店歇業，轉型出版電子書）

而林真美在2010年出版的《繪本之眼》，無疑是她二十多年來推廣圖畫書的心得結晶，比方她認為：「有別於一般畫家凝縮一切情感、思想於一幅單張的畫面上，繪本的圖並非為了獨立而存在。它是多張圖畫的組合，它們一起和書中的文字共同肩負『說』故事

的大任。」這段話可確切點出圖畫書圖像表現的本質問題，亦是汲取圖畫書魅力的關鍵。

另外像宋珮翻譯珍‧杜南（Jane Doonan）《觀賞圖畫書中的圖畫》、楊茂秀、黃孟嬌、嚴淑女、林玲遠、郭鍠莉翻譯培利‧諾德曼（Perry Nodelman）《話圖：兒童圖畫書的敘事藝術》，這兩本當代西方重要的圖畫書論述被引介至臺灣，對我們的研究視野開拓頗有助益。又如臺東大學兒童文學研究所2005年創辦的《繪本棒棒堂》，對於圖畫書研究的本土化、大眾化有一定的貢獻，可惜2011年1月第20期發行後受限於經費等因素停刊了。

當然，研究論述的開展前提一定是有厚實的文本成為研究的材料。多如牛毛的國外翻譯圖畫書就不談了，光說臺灣本土圖畫書創作在這十年展現的光芒，金黃燦爛教人不可忽視！

1989年以信誼幼兒文學獎圖畫書佳作《皇后的尾巴》成名的陳璐茜，從事圖畫書想像與創意教學十餘年，她在中國文化大學推廣教育部開設的「繪本／插畫師資班」已延續了十一期，網羅不少新秀與素人。此外，她個人在2004年一口氣出版了《趣味繪本教室》、《繪本發想教室》和《想像力插畫教室》三書，足可證明當前臺灣有意從事圖畫書創作的人在增加，遂對入門功法充滿渴望需求。陳璐茜2009年進一步集結她的學生、同好，以「促進臺灣社區發展，改善社區藝術文化，推動個人風繪本創作，引導更多人創造快樂」為宗旨成立「臺灣繪本協會」，舉辦過原畫展、個人風繪本創作文學獎等活動。

這十年臺灣圖畫書／插畫人才備出，還可以從聲譽崇隆的義大利波隆那兒童書展的插畫展觀察。自徐素霞1989年成為臺灣第一次入選的創作者以降，1990年中斷一年，1991年後至今，每年都會有幾位創作者作品入選。2006年是一次高峰，這一年臺灣同時有周

瑞萍、施宜新、王家珠、王書曼、邱承宗和蘇子云六位創作者入選插畫展。該年度臺灣館開始以「東方小美人」為主題定調，成功出擊將賴馬、李瑾倫、幾米、王家珠、陳致元等人的作品推上國際舞臺。以陳致元為例，其簡潔明亮的畫風，溫馨又不失童趣的文字故事，出色的表現並非曇花一現，《一個不能沒有禮物的日子》獲得2006年日本圖書館協會年度最佳童書獎、《阿迪和朱莉》獲得2009年美國國家教師會年度最佳童書獎，多個國際桂冠加冕的殊榮，讓年輕的陳致元在圖畫書的創作道路更堅定。不讓陳致元專美於前，2010、2011連續兩年入選義大利波隆那兒童書展插畫展的鄒駿昇，自由奔放的創造力，自喻是「從後腦勺看世界」，2011年一舉拿下插畫新人獎後前途似錦。

　　我們更不能掠過幾米這一特殊個案。1998年，幾米出版了《森林裡的祕密》與《微笑的魚》兩本書，濃烈抒情，帶點愁懷寂寞的氣息，有令人驚豔之感。《森林裡的祕密》以他女兒為模型塑造出來的女孩形象，和溫馴的毛毛兔之間的遊戲、幻想，使得《森林裡的祕密》還有幾分童書的味道，但要到2008年跨國合作出版《吃掉黑暗的怪獸》（文／喬依絲‧唐巴），才算幾米第一本真正符合兒童文學定義的圖畫書。《微笑的魚》則是奠定臺灣成人圖畫書的新品牌，之後的《地下鐵》、《向左走‧向右走》、《星空》等作品相繼被改編成電影、電視、舞臺劇等跨藝術形式，還有墨色國際（Jimmy S.P.A. Co., Ltd.）以經營幾米品牌為原點而成立的一家公司傾全力運作，使「幾米」完完全全變成一個文化創意產業的代名詞了。

四

　　相較於圖畫書如此輝煌亮眼的成果，能與之抗衡的只有童話。
2004年起，九歌出版社繼年度散文選、小說選之後，增設年度童話
選並頒發年度童話獎，臺灣每年平均約有三百篇的作品出現在報刊
雜誌或兒童文學獎，作品源充足，是支撐年度童話選存在的理由。
國語日報舉辦的兒童文學牧笛獎，似也感受到童話生產的生機能
量，2009年起廢除圖畫書類的獎項，專攻童話，且將兩年舉辦一屆
改成每年徵選一次。綜觀二十一世紀初這十年，早在1990年代既已
冒出頭的管家琪、林世仁、賴曉珍、王淑芬等人火力未歇，後進的
陳景聰、岑澎維、哲也、周姚萍、侯維玲、亞平、王文華、林哲
璋、陳昇群、楊隆吉、山鷹等人眾聲喧嘩，群芳綻妍，構成了臺灣
童話秀麗的風景線。

　　至於詩歌（童詩、兒歌）則是急走下坡，不論出版、創作的
活力都大不如前。走過1970年代童詩繁華極盛時期，這十年來，童
詩集出版量總計不超過五十本，實在少得可憐。許多童詩集是靠地
方政府文化局才有出版機會，例如林仙龍《風箏要回家》、謝鴻文
《失眠的山》等；還不乏像羅青《螢火蟲》、方素珍《明天要遠
足》、詹冰《誰在黑板上寫ㄅㄆㄇ》屬於舊作重出；比較重要的數
本童詩皆見於民生報社，例如林世仁《地球花園》、牧也《野薑花
的婚禮》、子魚《為天量身高》、林煥彰《花和蝴蝶》，然而民生
報社結束後，如同宣告臺灣童詩出版就此崩潰不振了。

　　除了《國語日報》，臺灣兒童文學協會創辦的《滿天星》季
刊，是目前碩果僅存以童詩為主要創作的發表園地，該協會2010年
編輯出版的《臺灣童詩選》，收錄陳千武、趙天儀、岩上、林武

憲、康原、洪中周、麥莉、徐曉放、蔡榮勇、陳明克、吳訓儀、陳
秀枝、葉斐娜、林茂興、謝鴻文等十五家的詩作，1970年代生的僅
有林茂興和謝鴻文兩人，更晚的1980年代詩人尚不見蹤影，新陳代
謝緩慢。

　　由此可知，二十一世紀臺灣的童詩衰竭得屬害，可是一片蕭
瑟景象中，仍有一個永恆不朽的身影──楊喚，他的名作〈家〉、
〈夏夜〉，都被包裝成圖畫書結合朗讀CD問世。經典永流傳，使不
同世代的孩子皆讀到固然是好事；但從另一個角度來說，若幾十年
來我們孩子對童詩的印象只能等同於楊喚時，那又非我們孩子的福
氣了。

　　至於兒歌的窘態也好不到哪去，除去愛智、小魯、國語日報
社、信誼基金會寥寥無幾的出版社還偶有創新的兒歌集付梓，給林
良、馬景賢、林武憲、謝武彰、林芳萍、李紫容、王金選、馮輝岳
這幾位創作者還有一丁點發揮的空間。臺灣兒歌創作最重要的名家
潘人木2005年離世後，臺灣的兒歌創作與出版下滑的景象更明顯。
依我看，人才培育斷層是首要的問題，例如信誼幼兒文學獎本來設
有文字創作獎，雖未明言限制兒歌，不過歷屆評審特別喜好拔擢優
秀兒歌得獎。無奈2003年第十五屆廢除文字創作獎後，兒歌創作人
才不出的警訊便發出了。

　　少年小說的景況，在這十年中雖然凋零了文筆精彩動人的李
潼，不過整體而言還算穩定持平。臺灣目前唯一以少年小說為獎
勵的九歌現代少兒文學獎辦二十屆下來挖掘的寫手不在少數，可
是不少人得獎後就消聲匿跡，留下來再筆耕不到三分之一比例的新
人續航力還要觀望。就這十年的作品而論，奇幻風潮突顯，哲也
的《晴空小侍郎》、《明星節度使》，褚育麟的《豹人、狐狸、神
木國》，想像瑰麗皆富有濃郁的古典中國風；張友漁的「小頭目優

瑪」系列五部曲：《迷霧幻想湖》、《小女巫鬧翻天》、《那是誰
的尾巴？》、《失蹤的檜木精靈》、《野人傳奇》，展現她不凡的
企圖心，虛擬的「卡嘟里部落」寫照了臺灣原住民現實文化與虛幻
神靈編織的奇幻世界，十分引人入勝；林哲璋的《福爾摩沙惡靈
王》，以臺灣史為經，傳說為緯，交錯成一場驚心動魄的冒險。

　　主流的寫實小說，鄭宗弦擅長從臺灣民俗取材；林滿秋將目
光鎖定過盲人、愛滋病、聽障者等弱勢族群，充滿人道主義精神；
陳月文《勇敢的光頭幫》、《我的家在醫院旁邊》則以她多年來在
長庚醫院兒童病房說故事的經驗，串連起對生命的謳歌；黃秋芳的
「追夢三部曲」：《魔法雙眼皮》、《不要說再見》、《向有光的
地方走去》，亦扣住生命教育的意涵，娓娓傾訴青春與家庭苦澀的
變調；還有白天是小學教師，下課後變身成作家的陳素宜、姜子
安、李光福、林佑儒、陳沛慈、廖炳焜等人雖以校園故事、成長啟
蒙見長，也有逐步開拓出環保、偵探、鄉土等題材與類型的趨勢，
允為當前臺灣少年小說不可或缺的創作主力。

　　然而，我們也不得不說，創作類型多元多彩，且質量俱佳的
李潼，他的諸多作品這十年來有其夫人祝建太持續推銷，還能一本
接一本再版重出，讀之仍然會讓人覺得他是一座頗難超越的高山峻
嶺，所有有志少年小說的後輩非得再努力不可！

五

　　這十年間，臺灣兒童文學出版尚有一椿值得大書特書的事：
2006年起，小魯出版林文寶總策劃、洪志明、陳沛慈、陳景聰費心
編選的《臺灣兒童文學精華集》，編選時間範疇從2000至2009年，
較之先前幼獅「兒童文學選集1988~1998」以十年為單位才集選為一

冊，《臺灣兒童文學精華集》則用立史的雄心，逐年集選為一冊。

　　《臺灣兒童文學精華集》累積的成果與價值毋庸置疑，在選集中我們格外珍惜的看見不同世代的臺灣兒童文學工作者，依舊生命力蓬勃地為兒童心靈彩繪，十本選集猶如一個窗口，可以管窺新世紀臺灣兒童文學的局部樣貌。

　　文學的繁華與衰落，與創作與社會文化環境皆有關，當我們國人生育率逐年下降，孩子更被捧在手心當寶貝時，但政府對兒童文學的重視又提升了多少呢？可曾把兒童文學等同必備的兒童福利來認真看待過呢？當兒童語文能力普遍沉淪時，我們的教育部可曾仔細想過兒童文學的閱讀應用策略？學界對兒童文學的關注又提升了多少呢？至目前為止仍然是臺東大學兒童文學研究所一枝獨秀，幾所過去有兒童課程的師範學院改制成教育大學後，兒童文學紛紛退守，眼看臺灣文學系所如雨後春筍出現，可是能以兒童文學為研究專長及開課的寥若晨星，兒童文學彷彿不被承認是臺灣文學的一員似的，其處境甚至比原住民文學、客家文學、臺語文學還低落。

　　培利・諾德曼（Perry Nodelman）和梅維絲・萊莫（Mavis Reimer）在《閱讀兒童文學的樂趣》一書中明白肯定「兒童文學可以是兒童生命中一項有力且正向的力量」，懷此信念，不管政府、學術殿堂的接受有無提升，以林良、馬景賢、鄭明進、曹俊彥、傅林統等幾位年過七旬的資深兒童文學作家為首的臺灣兒童文學界，總是充滿鬥志的自我期許著、對抗著外在的種種不如意；臺灣兒童文學要大踏步再向前，下一個十年當我們再回顧時，我希望只見黃金般的壯麗光燦，不會再同時有衰退的矛盾感覺了！

──原刊《文訊》第319期，2012年5月

兒童閱讀的新推手
——故事劇場在臺灣的實踐

　　當代劇場演出形式越趨多元變異，觀眾必須安坐於劇院欣賞戲劇已經不是唯一途徑。1970年代，美國導演及戲劇學者理察・謝喜納（Richard Sichechner）為「環境劇場」（Enviroment Theater）提出六項主張，其中一項說所有的空間都是表演的空間，街道、山林、車庫、游泳池⋯⋯皆可為表演所用，透過演員的表演行動，形塑新的空間意識；對觀眾而言，「環境劇場」的參與沒有階級、身分、金錢的負擔，甚至可以很輕鬆的來去。

　　環境劇場打劇場與中產階級的親密關係，可以擁抱更多普羅大眾。這個充滿新意的主張，對於我們思考臺灣發展中的「故事劇場」（Story Theater）的形式內涵有幫助。

　　兒童戲劇在臺灣，不論編導演創作、舞臺技術、表演硬體空間，嚴格說來是1980年代以後才有長足的進步發展，然而有緣進劇院、文化中心欣賞的觀眾，大部分是中產階級的家庭，低下層階級的勞工，很難消費得起看戲的經濟付出。不過，在兒童戲劇這個範疇內，1990年代中期以後尚有一股新的兒童戲劇改造正悄然在進行，它們被冠上「故事劇場」或「說故事劇場」之名，用以區別「九歌兒童劇團」、「杯子兒童劇團」⋯⋯等有專業劇團演出的「兒童劇場」（Child's Theater）。

　　故事劇場源於1970年代美國的保羅・席爾斯（Paul Sills），他從兩個人以上朗讀者進行戲劇、散文或詩的口語表現的「讀者劇場」

（Readers Theatre）模式再改良而成。保羅‧席爾斯將文學性濃厚的讀者劇場改良得更動態生活化，更口語化，敘事參與者更多，平均分配敘述角色，有時亦會出現第三者用旁白或獨白敘述，還可以加入音樂、舞蹈演繹，參與者並會穿上劇裝，是一種傾向非專業但正式的劇場演出型式。和讀者劇場一樣，故事劇場也經常被用來作為教室裡的戲劇教學活動。

英國在1975年，由麥克‧阿爾佛萊德（Mike Alfreds）成立的共享經驗劇團（Shared Experience），隔年在愛丁堡藝術節演出的《阿拉伯之夜》，也標誌出故事劇場的特色：演出空間空曠，不用道具、服裝或特殊效果，以演員為中心共同分享想像，將不存在之物虛擬存在。證明故事劇場適合在小劇團操作實踐，在歐美發展遂很快速。

我說故事劇場是臺灣悄然進行的兒童戲劇改造行動，那是因為截至目前為止我們並未看到太多論述為推展故事劇場而生，但故事劇場似乎有種自發的草根的生命力，跟隨著近年來火熱推廣的兒童閱讀運動萌芽且遍及城鄉各地，因為演出方式簡單方便，更容易把家境貧困孤弱，或地處偏遠不易看戲的兒童，也納入它的觀眾體系。所以今天我們所見的故事劇場，也有幾分符合環境劇場的理念，開放的表演空間，為每一個故事演繹出新生命。

故事劇場因應說故事活動而生，說故事是它的主要內涵，以戲劇表演形式進行，是為了讓平面文字的閱讀想像更立體可見，對罹患文字貧血症的現代兒童來說，更具有吸引力。換句話說，故事劇場的運用是促進兒童閱讀的一種手段，使閱讀變得更有趣，兼具娛樂性與教育性。

故事劇場無須過度講究服裝、道具、造型、音樂和布景設計，不用刻意專業分工，就不用耗費巨資打造演出的外在包裝，表演空間更不受限；故事劇場的核心是故事，以兒童文學為主要取材對象，

經由角色說演完成閱讀歷程，帶領兒童進入課本之外的知識領域。

　　當前臺灣故事劇場的實踐，在圖書館、學校、育幼院、書店、連鎖速食店、乃至醫院都可見，多半由一群熱心的女性（通稱故事媽媽）在推展，這群義工或退休，或是利用工作之餘奉獻，遍及各鄉鎮的故事媽媽求知欲旺盛，熱情感人，積極研習各種技能、研讀兒童文學，是兒童閱讀運動的第一線尖兵，有的志工媽媽用心投入程度，更甚於官方、學校老師或小孩的家長。

　　臺灣最早的故事劇場就目前資料所知，公部門可能是從臺北市立圖書館開始的。1987年7月起，因應當時的臺北市政府教育局陳漢強局長提議在市立圖書館各分館舉辦說故事活動，基於「十年樹木、百年樹人」的「造林」理想，將活動名稱定為「林老師說故事」。從此每週六下午固定的時間，各個圖書館分館，便可見一群熱情的義務林老師為孩子述說故事。

　　這群義務林老師的組織愈來愈嚴謹，開辦諸多職前及在職訓練，增進說故事技巧，充實志願服務的知能。在1993年邀請作家黃春明蒞臨指導後，激發了林老師們，演出黃春明的兒童戲劇作品《稻草人與小麻雀》，演出後觀眾反應頗佳，1995年遂有「林老師說故事兒童劇團」成軍。這種活潑的故事說演方式，雖然沒有引起媒體大注目，可是卻促使臺灣的兒童說故事活動發生內在革新，活潑了說故事單向的說與聽模式，衍生更多創意表現的可能。迄今臺灣各地的公立圖書館，乃至小學圖書館，都常見運用故事劇場的說故事活動，灌溉著兒童閱讀的種子，以桃園市政府文化局兒童室為例，至少就曾有「大象親子劇團」、「紅螞蟻親子劇團」、「故事歡樂堡」等團隊不定期的演出過，豐富圖書館閱讀空間的使用，吸引更多兒童進圖書館閱讀。

　　民間機構推動故事劇場最早的應是「小袋鼠說故事劇團」，隸

屬於信誼基金會，成立於1994年。信誼基金會以「守護孩子唯一的童年」為宗旨下，致力於學前教育的服務，小袋鼠說故事劇團隨說故事活動孕育而生再自然不過。小袋鼠說故事劇團，強調親子共同參與，融合遊戲、角色扮演、偶戲、親子律動等創意，使他們的故事劇場型態呈現「麻雀雖小，五臟俱全」的多樣性，互動性極強。

　　不管公部門或私人機構，這些年來的確付出了心力在兒童閱讀紮根一事上。故事劇場形式的運用，讓兒童戲劇是一種遊戲的學理更穩固毋庸置疑，連帶牽引相關表演訓練課程的大量出現，還有以說演故事為營業項目的故事屋蓬勃發展起來。

　　兒童戲劇呈現的遊戲，以文學為資本，以藝術為導向，再以娛樂為功能，而教育為其最終目的。假如我們把故事劇場的興起當作一種文化現象，那麼如同約翰・赫伊津哈（John Huizinga）在《遊戲的人》一書裡所說的：「在遊戲中有某種東西『在活躍』（at play），它超越了生活的當下需要，並把意義傳達給了活動。」故事劇場的當下需要是聽到一個有趣的故事，得到喜樂滿足；然而故事劇場進一步追求的超越，希望讓兒童學習到人際互動、學習語言、發展潛能等目的，期望兒童在遊戲中成長的操作模式，其背負的意義試圖把文學藝術的感性提升至理性層次，一旦理性意識莊重起來，說遊戲是非嚴肅性（non-Seriousness）的又不盡然了。

　　因為遊戲的價值反應出生命的某些成長改變，那麼遊戲便也似儀式一般，通過儀式的過渡，每一個個體生命都將尋找自身生命的神聖光輝。故事劇場裡的遊戲，可以幫助兒童找到閱讀的樂趣，培養兒童的口語能力，激發兒童的想像力與創造力，還體驗了藝術的美感經驗；所以，拋開「業精於勤荒於嬉」的陳腐教訓吧，我們的孩子需要快樂，需要故事，需要戲劇，需要遊戲。

——原刊《桃縣文教》第35期，2007年12月

輯二　文本・類型・作者論

童詩中的童言本色

　　兒童依著他們的生活經驗，隨著成長而累積他們的語言；語言的背後又跟思維、邏輯、想像有關，因為一切都還在創造、學習、體驗，超越尋常理則，以想像優先，便是兒童語言的特質，如同漢菊德《後現代童語錄》說的：「孩子在完全不同體驗中找到相似處而將它們聯結起來，這是思維上的不諧調，形成了巴洛克式的美感，看似都是舊經驗，放在一起則產生『不一樣』的、突出的特殊性，這就是一種創造的效果。」巴洛克藝術（Baroque Art）原指十四至十六世紀的文藝復興後，發軔於十七世紀義大利羅馬的藝術風格，和文藝復興追求平衡、莊重、理性與邏輯相對，巴洛克意味著運動、求新、不安，以及各種藝術形式的大膽融合。以巴洛克來比喻兒童的語言是新鮮且契合的，因為兒童的語言向來是動態的表述，是一次次新奇的探索，洋溢著戲劇性、豪華與誇張的調性。

　　兒童的語言外在表現為自由奔放，內在驅力則是真誠的，這也是為什麼安徒生童話〈國王的新衣〉最後必須由一個兒童來戳破成人的虛榮和謊言的原因。於是我想到了一個中國古代文學批評常用的一個術語「本色」，「本色」在宋代孟元老《東京夢華錄》裡原係指衣著的顏色各具身分象徵之意；到了明代王驥德《曲律》中則謂：「當行本色之說，非始於元，亦非始於曲，蓋本宋嚴滄浪之說詩。滄浪以禪喻詩，其言：『禪道在妙悟，詩道亦然。惟悟乃為當行，乃為本色。有透徹之悟，有一知一解之悟。』又云：『行有未至，可加工力；路頭一差，愈騖愈遠。』又云：『須以大乘正法眼

為宗，不可令墮入聲聞辟支之果。」知此說者，可與語詞道矣。」
從嚴羽《滄浪詩話》到王驥德《曲律》的思想聯繫中可以看出，他
們皆把創作的「當行」、「本色」當作審美價值判斷準則，以自然
妙悟為上乘，凡符合規範的才可稱為當行，便具有本色。

　　龔鵬程《中國文學批評史論》一書裡曾引瑞士語言學家索緒爾
（Ferdinard de Saussure）《普通語言學教程》說法觀看本色，發現
本色所指是一公眾的社會語言制度，是一種與個人意志和智能無關
的社會標準，因此它借用自社會制度劃分的語言，正合乎其本質。
這種通過與西方對話的比較文學觀，如果說兒童群體亦有其語言制
度，本色當然就成為一種檢驗的標準了。「本色」從詩到戲曲的批
評引用，從文類正體，擴充成對棄施文藻的規範，使得「本色」具
有一詞多義。本文借用「本色」一詞，並未偏於哪一義，而是兼容
多義，用以指出兒童語言的特徵。

　　「詩言志」的傳統，就詩人本身而言，詩絕對是內心情志思想
的表露，無須多疑；但就童詩來看，所謂「詩言志」背負的情志思
想，卻可能是成人詩人自身，還包括成人詩人觀察的兒童，透過文
學語言，間接使兒童發言。童詩裡如何讓兒童說話？又說了什麼？
於是我們想從童詩中蘊藏的童言本色作觀察，將發現至少兩個常見
的語言特點：

　　第一種是直覺聯想。詹冰的〈遊戲〉（原收入《太陽、蝴蝶、
花》；亦見新版《誰在黑板上寫ㄅㄆㄇ》）便是極佳的例子：

　　　「小弟弟，我們來遊戲。
　　　姊姊當老師，
　　　你當學生。」
　　　「姊姊，那麼小妹妹呢？」

　　「小妹妹太小了，

　　她什麼也不會做。

　　我看——

　　讓她當校長算了。」

　　這首詩沒什麼特殊技巧或修辭可言，純任自然，真實捕捉了
童言的直接無飾，卻產生極幽默反諷的效果，意在言外的指出校長
一職容易被孩子誤會以為大官都不用做事的真相／假象？假使成人
為此框上道德意識，指責這樣的驚人之語有失禮教，未免太大驚小
怪，看不清兒童語言的本色。

　　在學校兒童與老師接觸的時間遠多於校長，對老師的直覺觀察
的童詩也不少，如林鍾隆〈上課〉（收入《星星的母親》）寫道：
「老師不要生氣，／生氣會長白頭髮！／老師不要罵人，／罵人會
長豬哥牙。／老師和藹可親，／會忘掉媽媽！／老師不笑了，／就
想回家！」這首詩逼真寫照兒童的心聲，看見兒童的心情溫度計跟
著老師起伏不定，每一個聰明、善良的老師讀罷，有智慧學識還不
夠，似乎都應該再擁有體貼關懷的本事，才能真正瞭解學生的心。

　　兒童的願望也常常是以直觀聯想而成的，表現為語言就像林良
〈葡萄〉（收入《林良的詩》）說的：「孩子靜靜的／看著葡萄：
／要是我有／這麼一大堆彈珠，／該有多好！」以物擬物，也是童
詩最尋常的創作手法，比喻有創新，讀來就不乏味了。

　　再看美國童詩泰斗傑克‧普瑞拉斯特基（Jack Prelutsky）的〈很
高興我不是一隻螢火蟲〉（陳黎、張芬齡譯，收入《下雨下豬下麵
條》）：「很高興我不是一隻螢火蟲，／因為我想我會介意／一盞
永不熄滅的電燈／一直黏附在我的屁屁。」寥寥四句，完全表現了

童言無忌的天真；對螢火蟲的比喻聯想，一反大部分童詩的浪漫歌頌，醜化得十分逗趣。

謝武彰〈借一百隻綿羊〉（收入《春天的腳印》）一樣描摹了腦袋充滿奇趣謬想的兒童形象說：「弟弟只會從一數到一百／睡不著的時候就數綿羊／一百隻綿羊／一下子就數光了／真糟糕，還是睡不著／就急著跟我說／哥哥，我沒有綿羊了／快借給我一百隻嘛」，弟弟的傻氣可愛，從他的話語可見端倪。

童言本色的第二種語言特點，是好奇探問。每個大人必有被孩子追問「為什麼」的經驗；可是許多大人往往被問得不耐煩，會把問題像踢皮球一樣踢來踢去，或者斥退孩子要他們不要問，再不然就是隨便敷衍了事。當然，也有大人會像圖畫書《天空為什麼是藍色的？》裡有耐心的老驢子；不過，孩子畢竟是孩子，偶爾他們也會自己先失去耐性，不用等大人告知答案，會另有其他管道追尋想要的答案。生命裡很多的未知、探尋與等待，不正是要讓孩子慢慢學習、摸索與成長的嘛！

前舉傑克・普瑞拉斯特基把螢火蟲醜化的例子，再比較陳芳美的〈螢〉（收入《最美的電影》）就是典型的浪漫、夢幻風格：「是誰？／不死的靈魂／在黑暗寂寞的／夜的森林裡／尋尋☆／☆覓覓／閃閃☆／☆爍爍」起首一句的問話，可見兒童對自然世界的觀察感受，充滿許多未知的想像。這首詩特別的是視覺圖像的嵌入運用，符號代表的意象相合，使詩的內涵又更豐富多元。

同樣使用圖像詩類型寫作，王金選的〈塞車〉（收入《彩虹的歌》）如此寫：「時間靜止了嗎／怎麼車子都不動了／一／輛／接／一／輛／接／一／輛／接／一／輛／接／得／好／長／好／長／究竟發生了什麼事」，把「一輛接一輛」，「接得好長」斷句斷行排列成車子大排長龍的塞車景象，真是詩中有畫的範式，和〈螢〉

同樣是以問句起始，童趣一樣使人莞爾。

　　七星潭〈火鶴倒立〉（收入《我畫的豬跑掉了》）則是一種迴文探問的童趣：「火鶴用一隻腳倒立，／累不累呀？／老師帶我們到動物園，／誰在看誰呀？／猩猩看星星，／懂不懂呀？／長頸鹿上高速公路，／累不累呀？／火鶴用一隻腳倒立。」這首詩可以由前往後讀，也可以倒著由後往前讀，具有遊戲效果。

　　除了自問的書寫方式，有問有答的討論對話，則可以引發哲學思考，驅動愛智的能力，如林煥彰〈蚯引〉（收入《我愛青蛙呱呱呱》）：「蚯蚓有沒有眼睛？／我想，可能沒有。／蚯蚓怕不怕黑？／我想，可能也不怕。／白天，你聽牠們叫過嗎？／沒有，沒有。／那為什麼？一到晚上，／牠們就亂叫亂叫！／其實，牠們住在地底下，／白天晚上一樣黑黑暗暗。／那為什麼？白天牠們不叫，／到了晚上才拚命的叫／——我怕！我怕！」揣摩兒童自我尋思的喃喃自語狀態，問題有沒有立即解決並不重要，重要的是思考的過程，它讓我們見識了兒童的敏感、好奇，虛實相見，在不合理中又有道理；對兒童而言，這正代表了他們的生命活力，具有活活潑潑的創造性。

　　另一種有問有答，解答者通常是成人，由此亦可看出童詩詩人以詩傳道的使命，如同中國聖野〈誰抄誰〉（收入《歡迎小雨點》）所述：「長頸鹿啊／你抄過／別人的『作文』嗎？／／長頸鹿身上／有美麗的花紋／很像樹葉子／／樹葉子就說：／『是長頸鹿抄了我。』／可長頸鹿卻說：／『是樹葉子抄了牠。』／究竟誰抄誰？／誰能弄得清？／／在自然博物館裡／展出一隻／化石的鹿／原來幾百萬年前／鹿身上的花紋／不是這樣的／／博物館裡的叔叔／根據幾百萬年以前的事實／這樣告訴小朋友——／／是鹿走進了樹林子／為了隱蔽自己，騙過敵人／照抄了樹上的花紋／像抄一

本書一樣／抄得使人看不出／是一堆樹葉子呢／還是一隻鹿……」當科學實證碰上文學想像便是這麼回事，對生物特性的理解，其實也不用正經八百言筌，像那博物館導覽叔叔以故事導入更容易讓兒童接受。

　　童言本色容易使人看見兒童的幼稚無知，他們的語言也常被貼上無意義的標籤，但兒童的啟蒙正是需要從無意義過渡到有意義，這過程是需要時間的。存在心理治療學派的羅洛‧梅（Rolly May）告訴我們，生命意義的探尋是「投入」後的副產物，投入乃是我們願意過著充滿創造、愛、工作和建設性的生活之一種承諾。要創造新的意義（creating new meaning）以前，我們所「投入」的工作便是允許包容兒童看似幼稚無知的語言，不急著去糾正，將給予兒童一個更寬闊、自由，也是充滿愛的成長環境。我們所寄望的語言合理性，有高層次思維發展的語言亦是因此慢慢創造出來的。

　　因此若我們相信，童言本色是兒童之為兒童的本性；那麼，童詩記錄的童言本色，則是使童詩更像童詩的不二法門。

　　　　　　　　　　——原刊《國語日報》兒童文學版，2009年9月20日

童詩的靜觀與鏡觀

　　創作可不可學？人言言殊，意見分歧。若言只能興會自得而不可學，但走一遭坊間書店，卻會看見一大堆教人學寫作的書籍，每本書皆自有規律與模式可參，可是參了是否就能悟能寫，猶是未知數。

　　我們不妨再回頭看看古代文人如何論創作，魏晉時期陸機〈文賦〉標舉純粹的、審美的文學追求，具體討論了創作經驗、創作過程、寫作方法、修辭技巧等問題。陸機認為創作過程中的構思，要先具備「佇中區以玄覽，頤情志於典墳」的精神，「中區」泛指心，心居玄冥之處，可覽知萬物，有感而能發；「典墳」是古籍經典，意指閱讀此一行為，換言之，這句話已昭示我們創作需內修與外求得兼。但論重要性，還是以心為主，由心所動，「其始也，皆收視反聽，耽思傍訊，精騖八極，心游萬仞。其致也，情曈曨而彌鮮，物昭晰而互進。」

　　因此我們可以肯定，心才是靈思源頭所在，「遵四時以歎逝，瞻萬物而思紛。悲落葉於勁秋，喜柔條於芳春，心懍懍以懷霜，志眇眇而臨雲。」敏於觀察生活周遭變化，心有所悟，便能從中擷取靈光片羽，再化為文。

　　不管是詩、詞、文、賦任何一種文類，創作的構思啟動大抵是如此，兒童文學也不例外。而在兒童文學的各文類中，童詩是大人與小孩都容易上手習作的，但是「好寫」並不能和「寫得好」畫上等號；要「寫得好」關乎才情，這裡不贅述。本文主旨想先探索的是如何體物，感受童詩「好寫」的樂趣。

　　前引陸機「佇中區以玄覽」之說，也契合佛家思想中的靜觀內想。對創作者而言，唯有靜觀才能把天地萬象的現實生活轉化為藝術形象；如果再深入一點尋思，面對自己、自性，看見本來面目，更是創作靈感的誕生之處。

　　我們不妨以一種遊戲的心情開始來面對自己，首先就是找一面鏡子，直視靜觀後，看鏡像說話，再聯結到鏡子本身，讓物象也有了生命，於是便如林煥彰〈鏡子〉（收入《妹妹的紅雨鞋》）描述的：「鏡子是寫實派的畫家，／而且最喜歡畫人像；／不管你是誰，／他都能畫得一模一樣，／只是你不看他的時候，／你的畫像就不見了。」鏡子不僅被想像成是畫家，而且有逼真的畫工，若用唐代張九齡《唐丞相曲江張先生文集》卷十七〈宋使君寫真圖贊並序〉之言，就是達到「意得神傳，筆精形似」的藝術境界了。

　　林仙龍的〈鏡子〉（收入《趕路的月亮》）則言：「鏡子是個不懂禮貌的人／我舉右手／他偏舉左手／我打哈欠／幹麼他也打哈欠／要是我說悄悄話呢／還好他沒有耳朵聽不見」。把鏡子比喻成「不懂禮貌的人」，後續的解釋（動作）充滿遊戲的趣味，末句的慶幸心理，頗似玩贏一場遊戲。

　　黃基博〈鏡子裡的我〉（收入《兒童詩集》）也有異曲同工之妙，高潮也在後面關於聲音有聲／無聲的對比：「我笑，他也笑；／我皺眉，他也皺眉。／我說話，他只動嘴不出聲；／我唱歌，／他也唱，只是他沒發出聲音。／哈，我知道了，／他一定是個啞巴！」用孩子的想像揣測出鏡子是啞巴的比喻，充分顯示只要創作切入的角度不同，「詩想」是不會重複的，就不用擔心意象被前人一用再用了。

　　所以像劉正盛〈鏡子〉（收入《明天要遠足》）直接摹寫看見鏡子中的「我」說：「鏡裡有個「我」，／我跟他打招呼，／他

也跟我搖手。／阿姨送的兩個蘋果／放在鏡前桌上變成四個／多開心呀！／咦──／怎麼只吃一個／卻少了兩個？／啊──／原來鏡裡的好朋友／也吃了一個。」鏡中的「我」末了成了一個「好朋友」，這「好朋友」要是沒有分享到蘋果，還成好朋友嗎？適當地剪裁取捨體材，才能求取新意不落俗套。

　　同樣題為〈鏡子〉，陳芳美（收入《最美的電影》）卻從平靜無波的池塘聯想：「池塘是一面鏡子／就放在柳樹的旁邊／為什麼柳樹也不拿來照一照／好梳一梳自己凌亂的頭髮？」這便是典型靜觀後的出奇翻想，可作「鏡」觀之池塘，柳樹不愛，柳條之紛亂仍舊，描景的手法頗有趣。

　　與陳芳美此詩相似的還有《小熊維尼》作者Ａ・Ａ・米爾恩（Alan Alexander Milne）寫的〈鏡子〉（屠岸譯，收入《春天的早晨》）：

　　　　午後的時光落到林間，
　　　　帶來一團金色的暈眩，
　　　　太陽從靜靜的天空俯瞰
　　　　下面靜靜的湖水一片，
　　　　　沉默的樹向樹鞠躬。
　　　　我看見一隻白天鵝在湖上
　　　　引出另一隻結伴成雙；
　　　　胸膛挨胸膛，不動也不語，
　　　　他倆等待著風的愛撫⋯⋯
　　　　　這片水多自在輕鬆！

　　一片恬淡怡然的鄉野風情在文字間流轉，歌詠自然美好的詩風讓人想起英國著名的田園詩人華滋華斯（William Wordsworth），更讓人想起《小熊維尼》中羅賓和維尼倚在森林小橋上看潺潺流水的畫面。湖之靜如鏡，與白天鵝之動相對，寧靜空間裡的生命乍然運動，反而溢出更滿的靜謐可感受，一如唐代韋應物〈秋夜寄邱員外〉的名句「空山松子落」，一片幽靜被掉落的松果一震，空山依然不喧，只會更靜，以致「幽人應未眠」，還有更多情思懷想纏繞不已。

　　依據心靈的審美感受，靜觀世界的奧妙，在我們比對若干以鏡子為主題的童詩之後，發現詩人們不約而同的直心想像，建構出多采的童詩世界頗可觀。寫童詩以此方法入手，何曰不易？

──原刊《國語日報》兒童文學版，2009年3月22日

童詩反映的性別意識

　　今天我們從心理研究的結果得知，幼兒在三歲左右就有性別意識（gender consciousness）了。男孩與女孩覺知性別的分化，固然先從身體開始（生物決定論），但之後的心理發展受教育、社會文化影響下形塑成的性別意識，倘若只是陰陽二元對立的劃分，充滿刻板的性別差異（sexual difference）與權力失衡，男性總是被期待擁有男性氣概，女性被要求具有女性氣質，反而是性別平等（gender equity）多元發展的最大障礙。

　　在兒童文學裡檢視性別意識，也是近年熱門的研究方向之一。例如凱瑟琳・奧蘭絲汀（Catherine Orenstein）《百變小紅帽：一則童話三百年的演變》一書裡就站在女性主義者觀點，痛批像《小紅帽》這類傳統童話是文化對女性受害的錯誤讚揚，她們口誅筆伐向狼宣戰，其實也是向父權制度宣戰。這也是為何彼得・布魯克（Peter Brooker）《文化理論詞彙》中論述「性別」一詞要提到，性別研究的動因在於對性別兩極對立及其相關項目的批判。在女性主義者看來，這彷彿是一項解構性別的動作，是一場內在觀念除舊立新的革命。因此我們可理解為何性別研究中，女性意識的探討占大宗，且把女性客觀的存在動力導向一種身分政治認同與反抗。

　　相較於童話、少年小說頻頻被操作成性別研究，童詩則少有人以此取向研究，但這不表示童詩裡就沒有性別意識的問題，相反的，也是問題叢生。例如陳義男〈媽媽和我〉（收錄在《想念的季節》）：「我的心裡／只住著一個我／我天天只看到自己／幾乎還

忘了有別人的存在／／媽媽的心裡／住滿了人／有爸爸哥哥和我／她自己則被擠到一個小小的角落／她天天都注意著我們／她天天都掛念著我們／幾乎忘了她自己的存在」，這是一首歌頌母愛偉大的童詩，透過孩子的眼光敘述，表現媽媽無私無怨的付出；可是最後一句「幾乎忘了她自己的存在」，說穿了就是性別意識型態作祟，一不小心就服膺傳統男主外女主內的信仰，媽媽的個人發展受到家庭禁錮，失去自我，無形中又合理化了男尊女卑的階級結構。

杜子〈媽媽的手〉（收錄在《國語日報童詩選》）同樣以孩子的視角觀看媽媽說道：「媽媽的手，／看起來好皺喔！／是不是洗衣板把手磨皺的？／媽媽的手，／摸起來好粗喔！／是不是廚房的碗盤把手弄粗的？／／媽媽說是調皮的時間，／在她的手上溜滑梯。／才不是呢！是我們在上面溜滑梯吧？」與〈媽媽和我〉相比較，這裡的媽媽似乎沒那麼委屈，可是任勞任怨的形象不變，是為普天下母者的真摯奉獻詠嘆，也包含著孩子的不捨。但為什麼女性總是被擱置在家事中流失青春美麗，並因持家才能得到讚美，這算不算一種性別意識的枷鎖呢？

當然，女性不必然都要出外工作成為職業婦女，只是創作者在性別角色刻劃上若能更寬闊自由，擺脫傳統印象的束縛，才能塑造出符合性別平等需求的角色。林良的〈廚房〉（收錄在《林良的詩》）極具聲情之美，詩的內容是這樣的：「那個地方是女王的／音樂室。／遠遠的，／裡面傳出來神奇的／水的演奏。／女王多才多藝的手／忙碌地指揮著水樂師／變換各種水旋律／演奏多采多姿的／水樂曲，／還有水跟烈火的二重奏。／更迷人的是／女王親自伴奏所用的／鑼形的／鍋形的／盤形的樂器／發出來的／美妙的敲擊樂。」運用了奇妙想像，把廚房比喻成音樂室，媽媽成了女王，指揮一場水與火，鍋與物的多重交響演奏。廚房一片鬧哄哄的景象

可以被感受到，然而我不禁想問：這個媽媽走出廚房，還有舞臺可
以成就她作為女王嗎？女性合乎女王的表現舞臺，若僅能侷限在廚
房豈不是可惜！

　　看了幾首與女性有關的童詩，來看中國聖野〈寫給一個走路太
響的男同學〉（收錄在《小雪人的紅鼻子》）栩栩如生勾勒一個我
們常見的調皮男孩模樣：「有一個男同學，／走進教室的時候，／
故意把地板／踩得震天響，／好像不這樣，／不足以顯示／他是個
小小男子漢。」但男性孔雀般的炫耀，接著被詩人嘲諷，所以下半
段筆鋒一轉說：「只有走進聽課的教室／比貓還輕的同學，／才能
把地球／踩得咚咚響，／幹出一番／驚天動地的事業。」這首詩的
好處就在後面語言夾帶的輕鄙，像針輕輕地，戳破了男性假裝睥睨
一切的尊榮，使我們重新思考男性氣概（masculinity）的問題，正如
1998年約翰‧麥克因斯（Jonn MacInnes）出版的《男性的終結》一
書中宣稱的，男性氣概是一種男性的特殊社會性別身分，它造成了
他們在權力、資源和社會地位要求上的特權，我們正生活在這種信
仰的終結階段，或者至少是這個終結階段的起點。如果麥克因斯的
分析獲得女性大眾同意，那麼二十世紀末之後的性別意識稱得上進
步了，倘若西蒙‧波娃（Simone de Beauvior）還活著，應該不會再
那麼憤慨了吧！

　　創作者若總是將男孩形容成擁有陽剛有力、勇敢果斷……等特
質，便是走不出性別意識的魔障。那麼李班奈特‧霍普金斯（Lee
Bennett Hopkins）的〈女孩也可以〉（收錄在Bulinda Hollyer編選的
《She's All That》）就非常值得一讀，這首詩藉由一個女孩的口吻
調侃：「東尼說：男孩最棒／他們可以／用力打球，／用單手騎腳
踏車，／跳牆而過。／／我剛好經過，／聽見他說／我笑著說：哦！
耶！這些女孩也能做！／然後我跳牆而過，／帶著他的二百張棒球

卡／離開／我贏了那一天。」這個女孩何止贏了那一天，她簡直贏
走男孩的自尊與驕傲，徹徹底底展現「女力」（girlpower），讓人
莞爾且刮目相看！

　　再看謝爾‧希爾弗斯坦（Shel Silverstein）〈我的條件〉（收錄
在《人行道的盡頭》）：「如果妳要嫁給我，我開的條件請遵守：
／1.要會燉香菇雞湯。／2.要幫我補破襪。／3.要安撫我煩悶的心。
／4.要替我按摩抓背。／5.要每天幫我擦皮鞋。／6.我睡午覺時，妳
要去掃落葉。／7.如果積雪了，妳要去鏟雪。／8.我說話時候不要插
嘴。／喂——喂喂——妳要去哪裡？」易卜生的劇本《玩偶之家》
讓娜拉勇敢出走挑戰父權；這首詩也讓女性離開沙文主義，希爾弗
斯坦很大膽的站在成人女性的位置，用他一貫生猛活跳、直言不諱
的語言發出反性別歧視的聲音。我們讀到這般幽默不悲情的反抗，
更需要去省思無性別歧視及文化包容才是建構富有公平、正義、關
懷之文明社會的基礎，能夠做到這樣，或許不久的將來，我們也能
看見描寫同性戀、扮裝、變性、陰陽同體等內容的童詩受尊重而
歌詠。

　　　　　　　　——原刊《國語日報》兒童文學版，2010年3月28日

圖像詩的「語言」意義
──以詹冰〈山路上的螞蟻〉為例

　　圖像詩，亦作圖象詩，又叫視覺詩。這類型的詩創作，以文字堆疊排出符合相關題旨的圖樣，充滿實驗，也充分顯現遊戲旨趣。

　　圖像詩的結構，是既有詩（文學），又有圖（美術）的複合體，因此可以說它適用文字來詮釋圖像，也是用圖像來表現詩意，具有雙重趣味。閱讀，當然就有雙重的「語言」意義了。

　　曾以童詩集《太陽‧蝴蝶‧花》入選臺灣兒童文學一百的詩人詹冰（1921~2004），〈山路上的螞蟻〉是他的圖像詩名作之一，這首詩的結構形式很簡單，分成三段，每段各三行，一三行都只是「螞蟻」的疊詞，然後在第二句中夾一句名詞，分別是「蝗蟲的大腿」、「蜻蜓的眼睛」、「蝴蝶的翅膀」形容昆蟲屍體分解的部分。三段合併，整合觀之，我們不難想像如題，這首詩僅是述說有一群螞蟻正在搬運食物這一件事而已。這是它初步的語言意義，但在語法結構上，詹冰省略了所有動詞，「螞蟻」之後省略動詞，旋即接以另一組名詞，雖突兀，卻因為以圖像呈現，又顯得別出心裁，能夠理解了。

　　「螞蟻」一詞中的「螞」、「蟻」都屬形聲字，就文字符號來看，連外形、筆劃都相似，聚合在一起密密麻麻的景象，確實很像一群螞蟻匯集。

　　而我們對螞蟻這種昆蟲的理解，不外乎是團結合作，因此詹冰的圖像排列也成理。初次看到這首詩，相信都會直覺體會出詩意。

　　英國哲學家羅素（Rossu）認為：「凡字皆有意義，簡單地說是它們代表它們以外的某事項的符號。」依羅素的看法印證前面的分析，我們可以這麼說：「螞蟻」的文字意義，不止是代表一種昆蟲，也是「勤勞、團結」指涉的符號了。看到這個符號，我們很自然地聯想其隱喻。

　　和羅素交情匪淺的維根斯坦（Wittgenstein）的〈語言圖像說〉（Picture theory of language）提到：「要斷定一幅圖像的真和假，必須要跟實在加以比較，看看圖像中的要素（elements）跟實在中的事物是否一一對應。要是一一對應的話，這幅圖像就是真的，否則它就是假的。」維根斯坦說：「一幅圖像就是一宗事實（fact）。」如此說來，〈山路上的螞蟻〉圖像肯定是真的，絕非作者創意揮灑亂編。從這個意義來說，圖像詩的內涵形式是寫實的，無法像孟克表現主義的變形，也無法像達利超現實主義的荒謬拼貼，圖像詩要像照相機忠實反映表意的圖像，只不過它使用的紀錄工具不是相機，是文字，是文學的語言；再用漢字的象形特質，組合設計表現圖像語言。

　　因此，圖像詩的表現，若巧心不足，文字很容易就變成要迎合圖而刻意扭曲配置；一般說來，倘若是這種情形創作出來的圖像詩，通常也無法兼顧詩的意趣，例如許多傘形、山形的童詩一再被創作，已經是窮途末路不可觀了。

　　藝術的跨介合作很平常，但是圖像詩這類以詩和圖像結合的例子，在東西詩史上畢竟還是少數，可見它不易為之。康丁斯基（Kandinsky）在其著作《藝術的精神性》討論梅特林克擅長以神祕象徵的藝術手法處理氣氛，因而說到：「字是一個內在的聲音。」這個比喻很有趣，也許對文學創作者而言，敏銳地察覺每一個字含藏的音響，接受反應寫出來的語句，就是文學迷人之處。我們要創

作圖像詩之前，有幾人感受過字的內在聲音會是贊成或反對呢？

　　圖像詩引發的反應，通常先是生理感官視覺的，繼而催促心理作用，思考文字連鎖的意義。它不同於畫有形有色，它只有形；儘管如此，康丁斯基也說得很明白，他認為藝術家表現形時：「形的和諧必須建立於心靈的需要上。此即，內在需要的原則。」康丁斯基所謂「內在需要的原則」，假使是創作者曾經經驗過的視覺震撼或感動而內化的深刻印象，一旦文字無法表達的時候，選擇圖像傳達就是最符合「內在需要的原則」了。

　　維根斯坦的「圖式關係」（pictorial relationship）一再強調圖像元素和外界現實的一致對應，「我們只要看到圖像就知道它所描寫的情況。」〈山路上的螞蟻〉如果僅以文字形容螞蟻搬食物此一事實，「螞蟻／搬蝗蟲的大腿」這樣的句子是很薄弱無力的，經由圖像強化語言，反倒生動起來，所以〈山路上的螞蟻〉就實驗成功。

　　維根斯坦承認圖式多樣性，但他在各種形式的圖式中最關心的還是語言。他說：「語言是現實的圖式。」另一方面，他又說每一個圖式的形式都是邏輯的形式，他的意思是：「圖式的本質特徵是其邏輯特徵。」換言之，語言的邏輯特徵，其符號意義是既定不可更改的，才能和被聯結描繪的對象相一致。按照維根斯坦的想法，圖像詩真是不容易也不要輕易嘗試，否則文字的語言意義和圖像的語言意義不能聯結，那就畫虎不成反類犬了。

　　　　　　　　　——原刊《國語日報》兒童文學版，2004年5月23日

林鍾隆珍稀的日文繪本創作
《南方小島的故事》

　　1930年生的林鍾隆，像他們這一代都是受日文教育長大的，精通日文因而使用日文寫作不足為奇。綜觀林鍾隆所有出版品，其中有一本昭和51年（1976）9月由日本學習研究所出版，列入「學研故事繪本」第8卷第6號的作品《みなみのしまのできごと》（《南方小島的故事》），是林鍾隆用日文寫作，村上豐繪圖。這是戰後臺灣第一次有兒童文學作家用日文寫作在日本出版的繪本，那個年代繪本閱讀與創作在臺灣尚未成氣候，林鍾隆卻已開風氣之先代表臺灣攻進日本了，這當然與他多年來日本兒童文學界交遊往來密切有關。

　　《南方小島的故事》的故事很可愛，敘述一個名叫小童的男孩，和媽媽住在南方某個小島上的一座山坡下。小童是個孝順的孩子，有一天想讓媽媽開心一下遂想到一個辦法：去向馬、鸚鵡、老虎、火雞、牛和孔雀等動物，分別借了牠們身上的某部位特徵，將這些特徵裝飾在身上後，小童以為這樣回家會逗媽媽開心，沒想到媽媽看到小童模樣的瞬間，「啊！」大叫一聲後就昏厥過去了。小童急急忙忙去找醫生，醫生一看到小童的怪模樣也嚇昏過去。小童又跑回家去準備要找動物們，碰巧動物們也覺得失去身上某個特徵不太方便，正在小童家等待。

　　每隻動物各自提出歸還特徵的要求，小童說：「我才傷腦筋呢！媽媽都暈倒了。」接著小童馬上將借的東西一一歸還給動物們。後來媽媽醒了，緩緩地站起身來，聽小童說明事情的來龍去

脈，充滿慈愛地說著：「喔！小童有這麼多朋友過來，真是令人非常
高興呢！」開心的媽媽甚至做了一頓料理給小童和所有動物享用。

　　讀完這個故事，定會被這個寧靜和諧，人與動物和平共生，充
滿善良愉悅氣息，虛構的南方小島所吸引。南方小島宛如一座海上
的桃花源淨土，寄託著兒童文學作家心中善美的理想願景，要傳達
給孩子。

　　村上豐用帶著速寫風格的鉛筆畫勾勒圖像線條，再填上輕勻
淡抹的水彩，整體畫面構圖頗清新，人物與動物造型皆生動有趣。
以小童為例，他有著巧克力般的健康膚色，好像日日承受陽光的洗
禮，嘴巴是一道彎彎弧線，誇張的微笑快延展至耳朵邊，臉上還有
著紅潤的色彩。小童上山穿著一件簡單的白T恤、黃色吊袋褲，膝
蓋處有補丁痕跡，赤著腳。這般造型明確傳遞出一個活潑男孩的形
象，亦反映出他家境不寬裕，生活十分簡樸的事實。

　　但林鍾隆文字並未直接提及小童家境貧窮狀況，可是我們能從
他與媽媽相依為命的事實做推理，這正是繪本創作有意思之處──
繪圖可以填充補白、超脫文字之外想像，卻又能扣住文字的敘事內
涵脈絡。也因為推理瞭解小童家不富有之後，對小童突發奇想逗媽
媽開心，不是用金錢換取任何禮物，而是充滿創造力的裝飾自己，這
帶有濃濃遊戲趣味的舉動，也讓我們看出小童的天真、善良與孝心。

　　動物們不顧一切的幫助小童，出借自己身上重要的特徵給小
童，無非也是被他的天真、善良與孝心所感吧。

　　國內過去和林鍾隆相關的評論與研究，都沒有人注意到這本繪
本。時至今日，臺灣的繪本創作雖然已經發展成熟，也有徐素霞、
陳志賢、王家珠、邱承宗、劉宗慧、楊翠玉、張又然、崔永嬿、陳
致元、蔡達源、鄒駿昇、陳盈帆、施政廷……等優秀的繪本創作者
曾入選義大利波隆那國際兒童書展插畫展，讓國際看見臺灣繪本創

作的實力；或如幾米的繪本在歐美日等多國有翻譯授權，亦入圍過國際兒童文學界可和安徒生獎相提並論的林格倫獎。

　　但近四十年來，能直接用日文書寫在日本出版的繪本仍是後繼無人，林鍾隆此書的文字現在看來一點也無落伍不合時宜之感，其中閃爍的童心還是熠熠明亮，文與圖的合作無任何衝突違和，林鍾隆能在日本兒童文學界占有一席之地殊為難得，這更突顯林鍾隆此繪本的存在，是如此珍稀可貴了！

　　2008年林鍾隆逝世後，一直致力推廣傳承林鍾隆作品與臺灣兒童文學的林鍾隆兒童文學推廣工作室，在2016年，牽線找到巴巴文化合作出版《南方小島的故事》，由王孟婷畫圖，讓這本繪本在問世四十年後可以用中文的面貌在臺灣重見天日，讓這一代孩子用全新的眼光去認識林鍾隆老師的作品，允為臺灣兒童文學史值得書寫的一件大事。

──原刊《國語日報》兒童文學版，2016年7月24日

林鍾隆〈我要給風加上顏色〉與安·艾珀《風是什麼顏色？》美學精神的互通

　　林鍾隆曾經獲得第一屆布穀鳥兒童詩獎的童詩代表作〈我要給風加上顏色〉（收錄於《我要給風加上顏色》，桃園縣立文化中心出版），與安·艾珀《風是什麼顏色？》（遠流出版），一東方一西方，一是童詩一是圖畫書，表現形式迥異，但一細讀比較之後，竟發現諸多美學精神上的互通聯繫。

　　〈我要給風加上顏色〉第一段便用孩子的眼光發出疑問，並自我解答說：

> 風的臉，是什麼樣子？
> 風的身體是什麼形狀？
> 想知道　卻沒有辦法。
> 如果給風加上顏色，
> 就可以知道了。

　　接續幾行依著綺麗想像，想像如果風有了顏色，「她奔跑的時候，就可看到：／是什麼樣的面孔。就可欣賞：／她的表情，是什麼樣子；／她的裙裾是怎樣的飄動。」再追想，給微風、強風、狂風，分別塗染不同顏色，「空氣，就會出現鮮彩，／太陽照射下來，天空不知該多美麗！」從這幾行看來，一片視覺色彩與景象相

映的渲染，風的形象遂逐漸立體起來。

　　往下，林鍾隆更進一步透過聽覺與嗅覺敘述：「如果風有了色彩，就可以知道：／她吹過冷冷的河面，怎樣的驚異；／她吹過山嶺，是怎樣越過；／她吹過樹葉間，／怎樣巧妙地鑽過去。／也可以欣賞：她吹過花叢時，／怎樣帶走花的香氣。」

　　風完全被擬人化，在攀山越嶺之後，在穿越樹林之間，她的行動時而輕巧，時而浪漫，這些可見的形象，若不經由詩人巧思創造，我們會看見嗎？梅洛‧龐蒂（Merleau Ponty）在《可見的與不可見的》一書開頭便言：「世界是我們之所見，然而，我們必須學會看見它。」梅洛‧龐蒂是從知覺現象的本質，為我們提醒要區辨知道什麼是「世界存在」、「事物存在」、「想像存在」和「意識存在」，而一切外與我們身體的關係的建立，都因知覺作用，所以梅洛‧龐蒂才這麼形容：「我的身體作為我的知覺的導演，已經將我的知覺與事物本身相一致這樣的幻覺顯現出來。」

　　毫無疑問的，〈我要給風加上顏色〉乃是一種人身體知覺的「事物存在」和「想像存在」。美學作為一個獨立學科從哲學脫離而建立，「Aesthetics」這個詞的希臘文原義就有「感覺」、「感性」之意。主體（人）對客體審美即是通過身體知覺與心理情感感性觀照形成的認識活動。由此觀來，〈我要給風加上顏色〉正體現了人的審美興趣，表達了兒童想探究自然的慾望。

　　安‧艾珀《風是什麼顏色？》讓人驚豔的不僅是文與圖合奏的視覺饗宴，它更是一本利用打凸、壓印、上光、蠟印、鏤空、挖洞等印刷技術，配合不同紙質，導引讀者完成觸覺體驗的一本奇書。這麼心思絕妙的設計，為因應故事中盲眼的小小巨人他叩問自己「風是什麼顏色？」開始，於是一場知覺探索的歷程漸次展開。

　　小小巨人遇到了老狗、野狼、大象、山……等，每個個體對風

的顏色回答南轅北轍，例如老狗說：「風是彩色的，玫瑰、淺白、百花開。」但野狼認為：「風有森林幽暗的氣息。」蘋果樹的回答很妙：「甜的顏色。」鳥更絕，不回答便飛走了。從這幾個舉例看來，不難發現這猶如「盲人摸象」的自我中心盲點，從各自的經驗出發，帶入視覺、嗅覺、味覺的錯誤認知，不過正因如此，使小小巨人有更多審美興趣要把風的顏色求出所以然。

　　安‧艾珀讓這本圖畫書極具後設思考的轉折，是引入大大巨人的角色，告訴小小巨人風的顏色在「這本書」裡什麼顏色都有。小小巨人最後在翻頁時聞到風的芬芳，感知到「書的風」；換句話說，「風」被安‧艾珀賦予了多義及多元形態，「可見」的已不是單一存在，豐饒深遠的想像超越表面「可見」，一樣再用梅洛‧龐蒂的話來說，我們在「自身中」發現的總是對存在原初呈現的參照，而「所謂回到自身就是走出自身。」這裡頭充滿解構的態度，在在告訴我們，存在是知覺與虛無的不可知覺同時並存的，而美學不斷申論的就是要把人的這種心理感知注意的對象，做出相符的情感表現，若語言的表現性亦能做出同構反應，那麼這個審美感受就較真實可信了。相反的，若無法走出自身，只憑自己受限的經驗去揣測，所見的當然非真了。

　　林鍾隆〈我要給風加上顏色〉與安‧艾珀《風是什麼顏色？》有志一同的喚醒我們的審美感覺力，我們的身體感知若因此受啟發變得更敏銳時，所有的存在我們都將從中體會美妙的如詩韻律，使生活充滿更多愉悅，因此林鍾隆在詩的尾聲才會這麼敘述：「如果能看到風的表情，／風也一定能看到我的表情；／和風互相表達心中情意，／不知該多麼有趣！」

——原刊《國語日報》兒童文學版，2013年4月21日

地域文化特徵在曹文軒小說中的顯影

　　展卷閱讀曹文軒的作品，眼睛勢必會被他細描的優美田園景色攫住不移。在清晰的天光雲影、水湄林間裡徘徊流連，常常會有走進明代文人畫家沈周山水畫軸的錯覺，或者以為是在圈點山水詩。

　　曹文軒為何偏愛寫田園風光，而且每一篇小說都美的令人嘆息？對此，曹文軒於其散文《追隨永恆》早有表白：「在我的作品中，寫鄉村生活的佔絕大部分。即使那些非鄉村生活的作品，其文章背後也總有一股無形的鄉村之氣在飄動遊蕩。……家鄉的田野上留下了我的斑斑足跡。那裡的風，那裡的雲，那裡的雪，那裡的雨，那裡的苦菜與稻米，那裡的一切，皆養育了我，影響了我，從肉體到靈魂。」

　　曹文軒靈思飄蕩的文本，他小說裡的田園意象，鏡頭一對焦，強烈視覺美感逼來，是他作品吸引人讀下去的一個原因。舉例來說，〈蘆荻秋〉（收錄於《憂鬱的田園》）開頭第一段就是大塊水鄉的圖描：

> 這裡，溝河水汊，縱橫交錯，橫七豎八，好似人的血脈經絡。
> 這裡的人開門見水，見船，見橋，更見水邊到處長著的蘆荻。
> 水源豐富，土地肥沃，那蘆荻長得蓬勃旺盛，轟轟隆隆。

　　曹文軒為小說人物布置的活動舞臺，空間透視，栩栩如生，我們讀來彷彿駕著一葉扁舟遊經水鄉。《山羊不吃天堂草》裡的明子

把川子當英雄崇拜，一日在蘆灘上撿田螺，無意間看見川子和李秋雲正在約會，手牽著手走向蘆葦蕩的深處：

> 蘆葦蕩盡頭，正懸掛著一輪巨大的夕陽。桔紅色的陽光，柔和而爛漫地照著深秋時節的蘆葦。
>
> 那一蓬蓬蘆花在陽光下閃爍著迷人的亮光。遠處的水上，有一條帆船在夕陽的背景下緩緩而行。

這個場景，被曹文軒寫得既幽靜又浪漫，好像除此之外，沒有更合適談情的所在。當鏡頭淡出後，明子繼續在困頓生活裡力爭上游的得失，才是曹文軒意圖探討的重心。曹文軒著迷風景描繪，如霧舒緩的視覺美感飄散開來，表層的象徵當然是小說人物置身的場景介紹，深層的探究，則見人與自然對應的情緒，尤其用來烘托主人翁經歷事故的當下心境。中國文學裡將人與自然融通，主體心智感應於客體，衍生出種種意識，這是《詩經》、《楚辭》以降的文學傳統，「寓情於景」、「情景交融」的意義，都無須再贅言。曹文軒的小說裡俯拾皆是例子。

例如〈紅葫蘆〉（收錄於《紅葫蘆》）裡的河水，不單是妞妞和灣相遇的場景，流動的水，更「溶化了兩個孩子之間的陌生和隔膜」，妞妞在灣的協助下不再懼水而想游到對岸看灣的祕密基地。妞妞抱著一只紅葫蘆當泳圈，灣覺得他已學會游泳不需要，而將紅葫蘆抽掉，害怕的妞妞一掙扎，險些滅頂，兩人之間因此鑄成誤會。灣燒了他的祕密基地，悵然離開。妞妞從此也沒再去河邊。一日外婆的話點醒，她再返回河邊尋找灣時，「大河空空蕩蕩。……夏正在逝去，藍色的秋天已經來到大河上。不知從那兒飄來一片半枯的荷葉，那上面立著一隻默然無語的青蛙，隨著這荷葉，往前飄

去。」失落的妞妞最後「解了栓紅葫蘆的繩子，那紅葫蘆便一閃一閃地飄進了黃昏裡……」尾聲的這個畫面，透露無限思念與哀愁，紅葫蘆既是灣的象徵，亦是他和妞妞曾擁有的快樂見證，如今都隨著水流而逝了。

　　〈田螺〉（收錄於《三角地》）寫少年六順撿田螺的田野，「水田間是水渠，水田間盛著大半下藍晶晶的、陰涼且又毫無動靜的水。水面上有一些從田埂上垂掛下來的無言的草莖。田裡的秧苗尚未發棵壯大，田野就綠得很單薄，很沒有力氣。」這漠漠水田，未發的秧苗就像六順，更像他貧弱命運的寫照。六順在水田拾田螺賣錢，但田螺每次數量多寡不一，所賺的就高低起伏不定；他轉往荷塘拾田螺，還被誤解為來偷藕。貧賤的生命，一如田螺不被看重，讓〈田螺〉裡摘拾的景語，吐露的盡是辛酸。

　　曹文軒的潑墨塗彩，能創造出立體的逼真效果，也能將故事主人翁的神韻情思巧妙地揭示出來，他們的內在精神互動往往是含蓄巧妙的。人與自然的共生息滅，通過「物我同化」、「天人合一」的道性追求，產生的美感體驗標舉成文學的抒情傳統，更擴充為一個民族文化的意識型態，最終變成一種理想、一種價值的認定。

　　出生於江蘇，作家故鄉地域文化（Regional Culture）的表徵透過前面的舉證已可見端倪。曹文軒從鄉村裡長大的，即便已經求學生活，然後結婚定居教書於北京多時，他還是說自己「是個鄉下人」，讀他的作品，不難發現他所謂的「鄉村之氣」在中國近當代文學史上似曾相識。從沈從文，到高曉聲、李杭育、汪曾祺、林斤瀾……等人，一脈相連的恬淡筆法，無不是受生養的自然地理影響。例如汪曾祺的短篇小說〈受戒〉寫道：「蘆花才吐新穗。紫灰色的蘆穗，發著銀光，軟軟的，滑溜溜的，像一串絲絨。有的地方結了蒲棒，通紅的，像一支一支小蠟燭。青浮萍，紫浮萍。長腳

蚊子，水蜘蛛。野菱角開著四瓣的小白花。驚起一隻清樁（一種水鳥），擦著蘆穗，撲魯魯魯地飛遠了……」此一絕美出塵的幽靜處，是汪曾祺該篇小說主人翁明子和小英子划著小船行至，作家藝術美的追尋，亦是小說主人翁憧憬的安逸自由。

　　前述幾位作家，沈從文是湘西人以外，其餘幾位都是出生在古稱「吳、越」的江蘇、浙江等地區，長江河水的貫穿，地緣的特色，在他們的作品都有深刻的鑿痕。宋代以降，眾多中原漢民南遷，使吳越地區經濟文化日行千里的發展。明代歸有光《震川文集》更言及：「吳為人材淵藪，文字之盛，甲於天下。」這塊氣候溫和、物產豐庶的地區，深厚的文化土壤，的確孕育了許多才子佳人。中國現代文學中，魯迅、周作人、茅盾、葉聖陶、郁達夫、艾青、豐子愷、朱自清、徐志摩、戴望舒……等名家都出生於吳越地區，加上前述高曉聲幾人，真是燦如繁星。崔志遠《鄉土文學與地緣文化——新時期鄉土小說論》分析鄉土文學與地緣文化的關係曾評論曰：「吳越地區氣候溫和，土地肥沃，水網密布，雨量豐沛。那煙雨樓臺，那山村山郭，那鳥轉鶯啼，那柔和的水土，陶冶了柔美的民風，故有南國「人性柔慧」之說。」

　　鄭擇魁主編的《吳越文化與中國現代文學》分析更細緻，說道：「吳越文人熱愛自然的傳統、追求自由的本性，促使文學藝術很快走向成熟，歷史上形成吳越地區文人薈萃，藝術風格鮮明獨特的蔚蔚大觀。其一是吳越的山水美，造就了歷代大量的文人墨客，名家傳世之作累累，吳越地區藝術生產活動的繁榮昌盛經久不衰，成為海內外著名的文化之邦，顯示了吳越文化地秀、人秀、文秀的地域特徵。其二是藝術風格多樣，既有秀婉纖穠之美，又有雄偉豪放的氣概，色彩絢麗，陰陽剛柔相濟。」出生於紹興的魯迅的批判戰鬥，即是陽剛澎湃的代表；曹文軒當然是柔婉秀美的象徵了。

　　探索區域文化，還可以和人文地理學（Human Geogeraphy）做結合。波科克（Pocock）就說：「作家們不僅描述這個世界，他們還幫助它的形成。他們非常形象地製造出一些強烈印象，影響著公眾對我們景觀和區域的態度。」小說家創造的空間世界，既是虛幻，又是真實；讀者可以直接確信的恐怕是人和空間情感的牽繫吧。

　　當我們看見曹文軒作品裡總是一片水漾晃動，水網遍布交錯，那水不是狂奔恣縱，而是潺湲細流。也看見經常煙雨迷濛的田野，還有迤邐成片的蘆葦叢……「江南水鄉」的地理印象浮現時，但所謂的「江南水鄉」，其實是不夠完整也不能表述江、浙地區的，曹文軒的故鄉鹽城，位於江蘇北部，就不是江南，但地理特色卻又同於江南，因此「江南水鄉」之說有必要更正。

　　〈紅帆〉（收錄於《埋在雪下的小屋》）裡那個早慧愛寫詩的少年，坐在河岸邊感受自然神奇的魅力：「聽人家說對岸很美，是一片綠色的原野。我常常把對岸構畫成一個燦爛輝煌而新鮮欲滴的童話世界。它是我嚮往而且一定要到達的地方，我簡直把它當作我生命和人生的終點。」那個叫石磊的少年，他的獨白無疑也是曹文軒的心聲。心中常存原鄉的召喚。難怪林良要說：「讀曹文軒的小說作品，第一個發現的就是他的小說裡有一個『文學的原鄉』。」

　　那個文學原鄉不停的創造，在1980年代中大陸文壇「尋根」熱潮下誕生，和土地情感聯繫的鄉土題材，從政治的黑暗中甦醒，重新被注意。小說美學上的提振，曹文軒《中國八十年代文學現象研究》說是對前世代的封閉保守、對文革的錯誤承認、對西方文化的再學習，呈現一種對過去整體性的否定。

　　曹文軒的作品讓人呼吸到久違的田園氣息，他的藝術從田園開始延伸，帶領著我們逐漸走進更深層的人情世界，往心靈探祕，他襲用西方悲劇洗滌性靈的理論，作用於他的小說裡，逼使我們不僅

僅看田園風景，更進一步思辨生命種種價值。

　　他在自然的呼喚、人性善與美的呼喚下，構築了充滿地域文化
風情的作品，吳越文化被認為是一種精緻的雅文化，這個精神上的
「智性特徵」，是美的傳遞，是靈府覺知的瞑合；是創作者與自然
的交會的妙悟，也是作家作品與讀者的交流啟發。所以，曹文軒繼
續在田園中錘鍊性靈，吳越文化與文學的優雅會再傳承下去，應該
是可以預知期待的。

──原刊《兒童文學家》第35期，2005年12月

童書的禁忌和逾越
——論張雅涵《叔叔的祕密情人》性別多樣化的書寫

一、童書書寫的禁忌和逾越

　　童書創作預設了「兒童的存在」，這是一種意識，即意識到「兒童」這一主體。學界已習慣用「兒童的發現」（the discovery of children）來陳述兒童文學為何產生的現象，意指在人類社會漫長的變遷歷史中，人們最初給兒童／成人除了生理上的小／大的區分之外，並未察覺兒童的心理、社會存在的獨特性與獨立性，並無法用他們只是未長大的成人這麼簡單的概念就能去承括的。換言之，「兒童」被「發現」，就是一種全新的社會建構、歷史演進下的概念。柄谷行人在《現代日本文學的起源》談到兒童文學時提及：「所謂孩子不是實體性的存在，而是一個方法論上的概念。」此種主張，正是受「兒童」被「發現」這種社會建構、歷史演進概念影響，才把兒童當作一個可觀察的對象。

　　兒童文學的存在，正是重視「兒童的存在」的實踐。所以朱自強《兒童文學概論》直言：「兒童文學是讀者意識最強的文學，這一點僅從它的名稱上就直接體現出來。」兒童文學既然面對兒童，在「兒童的發現」這個命題上，自然要參照心理學對兒童認知發展、精神行為、心靈與潛意識等多面向的研究理解，引以為創作之前提。

　　從另一個角度來看，兒童文學創作為符合為兒童書寫的前提，有時候卻變成它的包袱。現代有些兒童文學作品，意圖甩開這個傳統包袱，大膽碰觸一些過去被認為兒童不宜的議題，不再只是一片溫馨甜美、光明燦爛、人性美好，也有表現殘酷、冷漠、陰暗、恐懼等事實的作品，也漸漸有顛覆思維、挑戰禁忌，討論性、暴力、毒品、家暴、霸凌、未婚懷孕、受虐人權等議題的作品。這般進展突破，使得兒童文學的本質定義，也必須與時俱進的變革調整。頗富爭議的主張如英國文化研究學者賈桂琳‧蘿絲（Jacqueline Rose）《The Case of Peter Pan, or, The Imposssibility of Children's Fiction》一書中倡言的，如果認為童書是在描寫兒童，那將掉入一個陷阱裡面，因為童書在書中建構文本兒童，是成人為了掌握書之外的真實兒童；蘿絲因此認為兒童文學的本質，是為了反映成人的慾望，「此慾望是將兒童視為言說的客體進行建構而成的」。

二、挑戰性別多樣化

　　臺灣的童書挑戰禁忌和逾越的尺度，相較於歐美還算保守、緩慢，然而面對當今兒童文學本質與兒童觀持續改變的趨勢下，臺灣的兒童文學創作者也必然做出回應。

　　張雅涵2006年出版的《叔叔的祕密情人》，是臺灣第一本正視男同性戀人權、心理、婚姻、傳達性別多樣化（sexual diversity）存在，並呼籲尊重認同的少年小說。依蘿絲的觀點來看，《叔叔的祕密情人》主要敘述少年黃國安的叔叔承受家庭、自我、情慾的糾葛；同時藉由剛進入青春期，開始對性產生意識的黃國安，仍然保有的純真、無性狀態，恰好使成人投射慾望。這裡說成人投射慾望，並非指戀童癖那般愛戀宰制兒童的心理癥狀；而是成人在兒童

客體投入純真、純潔的期待想望，也用作憑弔自身已經漸漸消失或已失去的純真、純潔。蘿絲的論文乃以《彼得潘》為個案研究，開宗明義就指出：「這本書顯示了純真並非童年的屬性，而是成人的慾望。」《叔叔的祕密情人》也可印證此觀點，成人與兒童之間這種微妙的關係，構成了兒童文學的獨特性與複雜度。

我們進一步從《叔叔的祕密情人》文本來看，黃國安的叔叔因為年過三十仍未婚，著急的阿嬤急著幫忙安排相親，叔叔和吳姓女老師於是串通假裝約會，想藉此暫時免除被逼婚的壓力，可是他們的祕密被黃國安知道；但這個祕密背後，還有一個更難啟齒，隱藏在叔叔內心多年的祕密——他是同性戀，且已有同性愛人了。

黃國安對叔叔是同性戀的事實，從最初的疑惑不信，變成坦然接納，再進一步從叔叔與家人溝通後出櫃的行動裡，看見幸福感動。結局被作者安排得很和諧圓滿，叔叔不僅帶著男友回家吃冬至湯圓，已經釋懷的阿嬤，甚至送他們一席新買的蠶絲被。阿嬤這個溫暖包容的舉動，明白說明她內心不再反對，不再把同性戀當病態，願意尊重孩子的性向選擇。這個轉折，可以大大啟發讀者思考。

美國精神病協會（American Psychiatric Association）1974年起就把同性戀排除在病態範疇，臺灣教育部《國民中小學九年一貫課程暫行綱要》，關於性別平等教育（gender equity education）中，對「性別」（gender）釋意為由生理的性衍生的差異，包括社會制度、文化所建構出的性別概念。對性別平等，則言「平等」（equity／fairness）除了維護人性的基本尊嚴之外，更謀求建立公平、良性的社會對待。性別平等教育能推動進入校園，當然是一個民主開放社會的表徵，此課程綱要性別再也不能以純生物或社會的角度來定位，應以人權、宗教、科學、醫學、法律、歷史等跨文化角度，面對性別多樣化的過去、現在以及未來。當課程綱要都已在進步，童

書更沒有理由畫地自限，被一些保守的意識作繭自縛。

三、《叔叔的祕密情人》的「解毒」

　　蘇芊玲〈落實兩性平等教育引言稿〉（收入《中小學與學前
教育組會議記錄（四）》，臺北：行政院教育改革審議委員會，
1996）認為性別平等教育的主要工作在於：一、解毒——把已中毒
受影響的意識檢識出來；二、成長——建構新的觀念、落實新的
觀念。那麼《叔叔的祕密情人》做了哪些「解毒」呢？黃國安班上
的同學林昌隆，因為長相斯文秀氣，言行舉止女性化（俗稱「娘娘
腔」），長期受到男同學的排擠與嘲笑；黃國安因為對同學柯明峰
心生好感，有股曖昧的同性情感萌芽中，甚至想把阿嬤從月老廟求
來的一截紅線偷藏進柯明峰褲袋和他結好姻緣，此舉被林昌隆看見
誣賴要偷錢，這讓黃國安顯得無地自容的窘迫，從此刻意和柯明峰
疏遠，也想找機會把氣出在林昌隆身上，有一次黃國安和同學在廁
所集體霸凌林昌隆，他說：「今天我就用你的招牌蘭花指摸摸看，
為你驗明正身，看看你是不是真的有LP。（臺灣人對「睪丸」的俗
稱）」於是在其他人幫忙起鬨中，真的脫下林昌隆的褲子。《叔叔
的祕密情人》毫無避諱描繪出校園內對性別弱勢的霸凌情節，寫實
殘酷。

　　這樣的寫實殘酷呈現性別多樣化尚未全然被尊重，表現出人權
不平等的現狀，而且在男性團體中尤烈。薇妮莎・貝爾德（Vanessa
Baird）《性別多樣化：彩繪性別光譜》就指出：「恐同症的確傾向
在具有極陽剛的男性團體中發生，同性愛慾雖瀰漫在這些人之間，
但同性戀卻被嚴格禁止。這些男性需要撇清他們之間的緊密關係具
有任何性愛成分，並請藉由對那些他們視之為『異類』（alien）的

男同性戀者（fags）和酷兒暴力相向，來增進團結。」當歧視仍在，可是法律尚無法及時改變終止歧視之前，就只能靠道德自律自重，靠教育學習同理與尊重。

黃國安意識會改變，一方面是因為被叔叔激動責罵一頓，另一方面是因為當日他脫序的霸凌行為碰巧被柯明峰看見制止，「柯明峰一走，黃國安立刻停止勝利而戲謔的狂笑，變得異常沉默。」黃國安的沉默其實隱含了懊悔自責，是一種羞於在喜歡的人面前抬頭的挫敗感，被這挫敗感日日牽絆，遂使他要振作低落的心情，重新看待尊重林昌隆的殊異，也開始尋求自我認同，替自己的同性戀傾向尋找慰藉出口，所以他完成了「解毒」。

不過，《叔叔的祕密情人》的「解毒」忘了釐清娘娘腔不全然等同於同性戀。此外，文本對於性別戀愛的禁忌雖然突破了，可是仍有無法逾越的情節無法述說──即性愛情慾的部分。叔叔和情人之間的互動，連擁抱、親吻都被有意或無意的省略，更無法直接裸陳更親密的性愛接觸。壓抑住愛慾的流動，甚至把「愛」輕描淡寫，迅速淨化昇華提升到如家人關係，如柏拉圖式的靈魂伴侶，以此避免爭議，可見性愛行為還是童書無法跨越的禁忌。換言之，蘿絲論述成人慾望在童書中的反映，此慾望恐怕還是心理層面的指涉，仍無法以身體、行動來表現慾望，一旦逾越這潛規則，必將引發兒童不宜的喧嚷抗議了。

──原發表於臺灣臺東第十三屆亞洲兒童文學大會，2016年8月

生存在愛與尊重的世界
——探索兒童文學裡的身心障礙者書寫

一

　　在兒童文學創作、教學與研究過程中，接觸與關注身心障礙
兒童是很自然的事，我也曾寫過一本童話《沒有翅膀的小天使》表
達心意。天使在西方文化中具有象徵意義，是侍奉神的使者，代神
傳福音，外形是身上會散發光輝的人形，頭頂上有光環，背後長有
一對翅膀，而且是一種「純淨體」靈體，因此經常被賦予兒童的形
象，意喻只有兒童的純潔無染最接近「純淨體」。

　　《沒有翅膀的小天使》中的小天使阿奇天生與眾不同，他沒有
翅膀，他的心保有善良純真，到了人間，沒有翅膀反而不易暴露是
小天使的身分，可以盡職的散播他的愛；阿奇幫助了一個被子女遺
棄孤獨無助的老人，拯救了一個被霸凌的女孩……愛的力量超越形
體的缺陷，阿奇反而變得強大，完全是名符其實的天使。

　　童話與其他文學最大的不同在於：「童話故事引導兒童去發現
他自我和內心呼喚，也暗示他需要通過什麼樣的精力去進一步發展
他的個性。」布魯諾・貝特爾海姆（Bruno Bettelheim）《童話的魅
力：童話的心理意義與價值》一書如是說。我認為兒童文學就是一
種「愛的文學」，所有的作品固然先是來自創作者心中的意識，和
想說的話，但支持他們選擇以兒童文學表現的背後，正是愛孩子的

心。希望孩子透過閱讀，思考、學習、覺知、行動，讓自己也讓世界變得更美好吧！本文即循此觀點觀看兒童文學裡的身心障礙者書寫，發現其中對於身心障礙者生存權平等尊重與建立的過程，文字間流動的皆是愛。

二

以下分別從國內外的少年小說及圖畫書，說明一下這些名作的意義，讓我們更進一步透過兒童文學對身心障礙的書寫，探索其不同面向的意涵。

我們不妨先從喬安娜‧史柏莉（Johanna Spyri）《小天使海蒂》說起。小說裡的女孩海蒂，因父母雙亡而去依靠脾氣古怪的爺爺，海蒂的天真善良，樂觀進取又帶點淘氣，彷彿一個小太陽暖暖地圍繞著她身邊的每一個人，文中描寫她朗朗的笑聲在阿爾卑斯山野，不斷地擴散迴盪。相處久了使爺爺性情改變，連富家千金克拉拉因久病及被肢障兒消磨的生存意志，也在海蒂幫助鼓舞下重新燃起。《小天使海蒂》可以說是一本很典型的，充滿愛、歌頌善良人性的少年小說，符合兒童文學理想主義的典範。但對於克拉拉這樣身心障礙的孩子描寫得還不夠深入，也許作者刻意對於她身體的苦痛輕描淡寫，不斷透過海蒂樂觀善良助人的視角，引領她從沮喪的情緒中走出來，最後甚至可以從輪椅上站起來復健。海蒂就像一個傳遞愛與和平的小天使，在兒童文學裡常見這一類的形象刻劃。

狄奧多爾‧泰勒（Theodore Taylor）《珊瑚島》，以因船難而漂流到一座無人珊瑚島上的白人男孩菲力普和島上的老黑人提摩西為主角，描述他們之間原先的種族偏見消泯後，提升轉化為相互依存照顧的情感，由於菲力普在船難中受傷導致眼盲，於是提摩西變成

菲力普的明師，指引著他與自然生活之道，以及生命的智慧。菲力普曾經問到人的膚色為何不同，提摩西回答：「我真的相信皮膚底下的東西是完全一樣的。」作者讓菲力普眼盲，以致他看不見提摩西眼底閃現的智慧，但他的心盲卻痊癒而明亮，超越了膚色的歧視偏見。這個過程深具啟發性，提醒我們眼睛所見的，未必就是真理。

　　身體障礙之外，描寫精神障礙的少年小說近年來也逐漸湧現，似乎也反映出當代精神疾病與環境的影響。安‧馬汀（Ann M. Martin）《尋找雨兒》寫了一個性格十分特別突出的女孩蘿絲，她是一個高功能自閉（亞斯伯格）特質的孩子，相信質數能帶給她好運，可以敏感的將任何有數字的事物，從中找出質數，還有她非常熱愛尋找同音字，知道同音字「大部分都沒有關聯，有些看起來是對立的，但如果你願意換個角度思考，有些字會有令人開心的連結。」

　　她的行為使她成為同學眼中的怪胎，但她的世界依然獨自運轉著。這本小說把蘿絲的性格與心理描寫得很透徹，清清楚楚示現亞斯伯格孩子總是不按牌理出牌的特質，在布滿同音字的敘事思維中，也許我們從「終點」、「鐘點」和「中點」這三組同音字，看出亞斯伯格孩子的人生可能都不是以正常鐘點來計算，而是不斷充滿驚奇跳躍，隨時有中點要休息，完成事物的終點又總在不可預期之時來臨，看待亞斯伯格孩子生命方向的尋找之旅，我們也需要換個角度去思考與協助，而不是強制他們走上與一般人相同的成長過程。

　　凱瑟琳‧厄斯金（Kathryn Erskine）《留下來的孩子》主人翁凱特林也是亞斯伯格孩子。固著的行為與想法，還有對校園槍擊案中意外喪生的哥哥戴文的情感依賴，以致無法面對現實生存的世界，所幸輔導老師一直同理陪伴，引導凱特林發現自己的繪畫天分，破碎的世界重又出現彩虹般繽紛色彩。在這我們可以留意到，亞斯伯

格孩子幾乎都具有某項特殊天分才華，小說也不忘突出表現，可以用來扭轉身心障礙者總是被人認為殘缺不全，只能居於弱勢，或被扶持的不平等意識。值得注意的是，此書也觸及美國不算少見的校園槍擊案所造成的陰影及恐懼，人心面對社會不安全危機下產生的惶恐，失去正常的秩序，與身體障礙形成的苦楚，甚至有過之而無不及。

馬克‧海登（Mark Haddon）《深夜小狗神祕習題》的小說中，十五歲的自閉數學天才克里斯多弗，一心嚮往成為一個優秀卓越的太空人，而他生活的幽閉空間，就好像緊閉的太空艙。身體無重力的飄浮，則跟他腦袋思緒的飄浮雷同。但是一樁深夜隔壁鄰居家小狗被鐵叉刺死的恐怖事件，使克里斯多弗勇敢走出自我封閉的安全堡壘，決心將真相查個水落石出。克里斯多弗常說：「我覺得質數就像人生。它們非常的有邏輯性，但你卻永遠理不出個規則，即使你花了一整天在思考著。」在克里斯多弗身上展現的天才殊異特質，不也在告訴我們人生宛如一道道數學的習題，有時自閉兒可以憑著自己的邏輯解開習題，但有時其他身心無障礙的人反倒不能。人生的弔詭由此可證。

安德里亞斯‧史坦哈佛（Andreas Steinhöfel）在《通心粉男孩》刻劃了一對絕妙組合：弱智的少年里克和聰明絕頂的少年奧斯卡，兩個智能表面上看來相差天南地北的人，竟然碰撞在一起成為朋友，還無端捲入一樁兒童綁架案中，進而成為偵查這樁案件的小偵探。作者對里克的描寫頗費心思，里克把自己的腦袋比喻為「賓果滾輪機」，他有時會無奈地說出：「假如我的腦筋可以動得更快，那該有多好。」有時腦袋思維邏輯又甚清晰有趣，能頭頭是道說出：「老師多年來一直試圖讓我腦袋裡亂蹦的賓果小球變得有秩序，他根本就是白費力氣。我曾經想建議他，與其去控制那些小

球，倒不如先讓整個機器停下來，但是後來我放棄了，如果他自己不想到這一點，那就算他倒楣囉。」

　　整本小說看得出來作者鋪陳情節時，有意或無意的突顯了每個人的天賦能力與缺陷間的矛盾，例如他讓奧斯卡因為博學多聞懂太多卻變越膽小，出門總是要戴著一頂藍色安全帽的奇怪打扮，也因這樣的心理匱乏，奧斯卡變成綁架危機受困者。就外表、智商，在這本小說裡沒有孰強孰弱的絕對二分，一切回歸人性本質的探索，當每個人都得到愛與認同去發展自我，最後的章節是「美好的前景」，名稱便已說明了祝福與期許。

　　回觀臺灣，陳三義的《他不麻煩，他是我弟弟》故事中，弟弟韓思罹患感覺統合障礙，作者以帶點幽默的筆法細描了感覺統合治療的過程點滴，也一步步把哥哥韓睿的心扭轉改變，讓他開始懂得欣賞、接受、疼惜弟弟，才會說出：「有個可愛的弟弟這件事，我真喜歡。」「不麻煩」的中文語意指個體對客體的存在運作不會覺得被打擾，帶有正向的情緒；也可以是觀察客體時，稱其不再令人困擾，同樣是寬心的態度。

　　鄭丞鈞的《妹妹的新丁粄》溫馨聚焦了一個有新生小女娃的家庭，妹妹是唐氏症又有先天心臟病，她的兩個哥哥，如何從原先想把妹妹丟棄嫌惡，變成珍惜擁抱妹妹，並且要為可貴的妹妹製作一個特殊的「新丁粄」祈福，這個新丁粄就類似閩南人說的「紅龜粿」，但不包餡，他們堅定相信妹妹心臟手術會成功，往後人生會平安順利。此書和《他不麻煩，他是我弟弟》有異曲同工之妙，都呈現了對身心障礙手足無條件的接納與祝福，這是需要耐心學習的意識與行為，也是兒童文學認同愛能化解艱難的共同主調。

三

　　隨著出版印刷技術更先進，引領視覺圖像文化閱讀，圖畫書無論在東西方，都成為1980年代後最熱門與蓬勃發展的童書類型。

　　韓國《小畢的故事》（文‧圖／宋珍憲）以第一人稱「我」的觀點，旁觀敘述認識一個自閉男孩小畢的故事。故事以四季循環為隱喻，外在時間更迭，但小畢永遠像在蕭瑟的冬季，隱在樹林深處，故事尾聲又是他媽媽呼喚他的聲音，畫面則見仰角凝視天空，一隻孤獨的鷹在天際盤旋飛翔。畫面的空曠，與文字底下流動的悲憫哀愁交織，綿密如雨滲入人心。此書完全以黑白素描圖像表現，如同自閉兒的內心世界無色彩，但他們的人生未來未必就沒有色彩。

　　同樣聚焦於自閉特質孩子，《亞斯的國王新衣》（文／劉清彥、姜義村，圖／九子）巧妙地和安徒生童話〈國王的新衣〉互文聯想，以那個揭穿國王沒穿衣服上街遊行的男孩為主角，賦予他名字「亞斯」，把他常常在不該說話時說話，或說錯話惹來諸多麻煩的言行舉止，歸因於亞斯伯格症。但是亞斯擁有一項才華，就是可以畫漂亮甲蟲，甚至幫國王設計新衣服，使國王遊行時受到人民讚嘆。這個故事逸趣橫生翻轉了安徒生的童話，又發展多了另一層發人深省的教育意味，殷切提醒人們尊重、包容、發現亞斯伯格孩子的特質。

　　書末導讀提醒美國精神醫學學會2012年12月已經修訂診斷手冊，不再使用「亞斯伯格症候群」名稱，將之納入泛自閉的「自閉症譜系障礙」（Austism Spectrum Disorder，簡稱ASD）。換言之，我們看待亞斯伯格的孩子，宜將他們「去病化」，理解他們不是病人，只是行為認知與溝通上有發展困難，需要社交技巧的訓練、

認知行為治療、職能治療、言語治療、父母職能訓練等干預措施協
助，使他們周圍的人，更容易與他們相處。

　　《藍弟的翅膀》（文／派崔克・葛斯特，圖／丹妮拉・傑曼）
描述小龍藍弟罹患一種1858年才被發現的遺傳性疾病——裘馨氏肌
肉萎縮症（Duchenne's Muscular Dystrophy，簡稱DMD），導致他沒
有強壯的翅膀、沒有強力的氣息噴火、沒有強硬的鱗片，全身軟趴
趴的。藍弟一如大部分罕見疾病的孩子，不免要面臨在群體生活中
被歧視與欺侮。故事發展下去，直到有一天，當他發現自己還能用
毛茸茸軟軟的身體給一個坐輪椅的男孩安慰抱抱時，瞬間彷彿知道
自己不是這世間最弱勢渺小無用的人，生命的價值於焉形成。愛讓
人長出勇氣和信心！這個故事感人的意旨便在於此。

　　書中還有一個引人思考的關鍵，就是藍弟學校裡的史老師，史
老師是一個完全無視孩子身心特質差異性，不斷用言語刺激辱罵藍
弟，導致藍弟內心受挫；但另一方面，作者又安排了一位費老師，
他卻體現了寬容的一面，激發了藍弟去尋找自我。這樣的衝突設
計，也反映了現在的教育現場，還有許多不適任的老師，許多孩子
的特殊性差異，就在他們的漠視中被迫隱藏。

　　而要討論臺灣的圖畫書，一定不能忽略幾米。幾米的《地下
鐵》從一個盲眼少女走入地下鐵開始，隨著她的聽覺、觸覺、嗅
覺，我們跟隨著她的想像，穿越不同時空，看見不同情境，「有時
候，我覺得世界是沒有邊界的。」當少女如此自述，我們似乎可以
欣慰於她沒有被黑暗侷限了心靈的視野；但當她又說：「我在這個
城市裡，常常受傷。幸好我復原得很快。」這又叫人悲憫同情了。
盲眼少女不停迷路，不停尋找著出口，此處固然是比喻地下鐵的出
口，更是隱喻她人生的出口。不過幾米作品之所以能撫慰人心，往
往在於她前面的故事敘事雖似悲劇，但結尾卻又能透著一絲絲光亮

與希望。盲眼少女身邊隱藏著守護天使，就帶著她去「尋找心中隱約閃爍的光亮」。然而這個守護天使真的是天使嗎？或只是心中自我的鏡像？

四

　　以身心障礙者為敘事對象的文學，觀察了身心障礙者的身體與心靈，通過再現及詮釋，提供閱讀者重要的教育與人生素養。

　　大衛‧T‧米切爾（David T. Mitchell）與莎朗‧L‧史奈德〈敘事的義肢與隱喻的物質性〉（收入劉人鵬等編，《抱殘守缺：21世紀殘障研究讀本》）一文中使用「敘事的義肢」（Narrative Prosthesis）一詞，指出古今中外殘障一直被用來當作一種拐杖（crutch），文學敘事必須倚靠它來維持其再現的力量、顛覆的潛能，以及分析性的洞識。他們還指出：「在文學敘事之內，殘障發揮了岔斷的（interruptive）力量，以對抗文化上的老生常談。對於文學敘事來說，身體固有的脆弱與變異性具有轉喻（metonym）的功能，用以指代那『拒絕依從心智對於秩序與理性的欲望』的內容。在這個基模（schema）內，殘障扮演著隱喻和肉體實例（fleshly example）的角色，說明身體桀驁不馴地抵抗文化想要『強制執行正常』（enforce normalcy）的欲望。」

　　既然身心障礙者身體扮演著隱喻和肉體實例的角色，所以大衛‧T‧米切爾與莎朗‧L‧史奈德又表示：「我們所討論的文學敘事，都運用了易變或『異常』的身體，做為一種『無法承受的重量』（套用蘇珊‧波爾多（Susan Bordo）的說法），以便抗衡心智那些『充滿意義』而虛無縹緲的投射。」

　　創作是一種理性與感性交織的行為，兒童文學因為預設的讀

者是少年兒童，面對生命「無法承受的重量」，文本敘事通常不會太沉重，但議題意義的呈現與象徵則不受侷限。即使書寫身體「正常」兒童，「敘事的義肢」表現兒童身心發展中的脆弱與變異，其實和「異常」身體的兒童是沒兩樣的。於是我們可以再追問反思，正常／異常以何標準區別？身心障礙者就一定要被歸屬於異常這一端嗎？

綜觀前面談論諸作，不難看出兒童文學作家對身心障礙兒童的形象處理，普遍而言會以憐憫之心觀看，再並給予身心障礙兒童建構充裕的勇氣，讓他們自我認同後獲取他者的認同。對於身心障礙兒童特殊的天賦能力，也讓他們有充分展能，受人讚賞的發揮空間；當然，不可否認這樣的鋪陳裡，往往也會先表現非身心障礙者架設了自己群體的共同意義體系，對身心障礙者產生「非我族類」不理解的排除異己作為，壓迫者的醜陋人性流露，遂常常是文本衝突的關鍵。最後我們也會發現，智識與勇氣的啟蒙、成長，走向有愛無礙的世界，心中與世界都充滿光的正向能量，經常是兒童文學作品描寫身心障礙兒童的結局特色。相信未來也會是如此，尤其現代校園霸凌問題嚴重，身心障礙者兒童與跨性別、新移民等族群都常是受壓迫者，自也會成為兒童文學取材關心對象。

兒童文學除了作為藝術，有情感和思維之美、有語言形式之美外，內在總脫離不了肩負的教育特質，期望教育兒童青少年讀者，看待自身與他者正確的素養與態度，同理尊重。隨著現在社會愈趨多元異樣，各種身心特殊狀況的兒童比例只會越來越多，以此為素材創作的兒童文學肯定會再增加。外在身體障礙容易發現，可是內在心理的障礙不容易感知，誤解、歧見、嘲笑的行為背後，若說也是一種心理障礙並不為過。

而一個自以為正常的人，其存在對社會無利，沒有貢獻時，文

學作品也可以發揮轉喻功能提醒我們對一個人的「社會角色」做出正確評斷。兒童文學意圖讓這個世界每個人生存在愛與尊重的祥和世界，也常被批評是過度美化、理想化的烏托邦；然而，閱讀只是看待世界、學習處世的一種管道，更重要的是教會孩子批判思考，否則就算文本解構了烏托邦，對孩子而言也只是看見一種文字表述而已，不得深義。

　　幾米《地下鐵》扉頁引用了波蘭詩人辛波絲卡（Wislawa Szymborska）的詩句：「我們何其幸運／無法確知／自己生活在什麼樣的世界。」這三句前面幾米未引的是：「我什麼都不是／我對這個世界也一無所知／這，也許便是我的幸運所在。」前後六句聯繫著讀與思之後，不管我們身心狀態如何，在這世界上其實都無法確知自己生活在怎樣的世界，更無法預知世界未來會如何變動，說穿了我們什麼都不是，沒有正常／異常區別，只要都安於當下，正念覺知獲得喜悅滿足時，就可以讚嘆我們何其幸運了！

——收入汪其楣編著

《歸零與無限：臺灣特殊藝術金講義（增訂新版）》，

臺北：聯合文學，2018年10月

靈魂與火不滅
——幸佳慧的創作與她的公民社會行動

一、童書不只是童書

　　2007年7月10日那天，我收到一封來自英國的e-mail，署名
Arlene。打開信件一看——原來是幸佳慧，她偶然看見了我的一篇
文章〈在英倫邂逅童心——張弘《英倫童話地圖》與幸佳慧《掉進
兔子洞——英倫童書地圖》比較〉（刊於2006年7月12日刊於《國語
日報》兒童文學版），特意來信致謝。

　　幸佳慧還表示知道有人追尋著她的英倫童書腳步，感覺很有
趣。我給她的回信也很有意思，直接告白早已在她的網站「童書榨
汁機」潛水多時，啜飲了不少她在英國求學所見所聞第一手的歐美
兒童文學動態和新書介紹，算是心儀久仰的粉絲吧。2008年春天她
返臺，恰好有一場演講在我當時就讀的臺北藝術大學，於是我們相
約講座上碰面。優美的關渡，就成了我認識幸佳慧的美麗起點。

　　那天幸佳慧穿著一件白襯衫、卡其色長裙，簡潔俐落的造型，
很都會女性的打扮；可是一開口暢談童書，如大珠小珠落玉盤的聲
音起伏，談到激動處，時而聲調高亢，時而爽朗大笑，手舞足蹈的
模樣，簡直像個小孩。

　　《掉進兔子洞——英倫童書地圖》有一段耐人尋味的話：「童
書離開墨水紙頁，在大眾媒體裡找到破除疆界的密碼，成人與兒童

的界線消弭了，世界更為寬廣，童書也不只是童書。」當童書不只是童書，它不再是幼稚的小人書，童書可以承載的豐富深厚意義，對幸佳慧而言，她閱讀、研究、行腳過後，深刻體驗反省到是時候要去改變臺灣人認知中的童書面貌了。

二、前期創作的風格

　　2011年，幸佳慧順利取得英國新堡大學兒童文學博士光榮回臺，以此為時間點，可概括她創作風格前後期的轉變。在這之前，首本少年小說《我就是這樣！》（2003）透過一個遭逢家變的少年的口吻自述，渴望親情、愛情、友情的他，以遁入虛擬的網路世界告別純真童年，彷彿在那找到一個可以依靠安頓的出口，少年認為那是他的「求生方式，戰火中的求生技能。」卻也因此把自己推向吸食搖頭丸的迷幻邊緣，少年徘徊於心靈之苦和毒癮之惡的掙扎，幸佳慧帶著疼惜不忍描繪出來，教人深省當時臺灣社會的青少年危機。繪本《大鬼小鬼圖書館》（2007）寫一個巨人和一個小孩，這兩個愛聽故事的人同是寂寞受排擠的靈魂，因圖書館與書相遇，心裡的寂寞難過有了寄託。《家有125》（2007）溫暖呈現照顧流浪動物的點滴歷程。少年小說《金賢與寧兒》（2011）則從一個鐵盒子的祕密開始，讓主人翁踏上金門的尋根旅程，金門地景的書寫，寫實而引人入勝；其中又穿插著純純的初戀，表現主人翁酸甜的成長記事。以上幾本作品，大致可以看出幸佳慧早期的創作不論是議題或書寫形式，還是比較典型溫和的兒童文學面貌。

　　直到她學成歸國，在家鄉臺南成立了「葫蘆巷讀冊協會」，她的創作跟著她的公民社會參與行動並進，開始產生內在巨大質變。以這一年為分水嶺，幸佳慧之後的作品，高舉兒童人權的旗幟，具

有強烈的改革意識，以一次又一次更強大的力氣衝破童書舊有的視
野格局。

三、全力推展嬰幼兒親子共讀

　　我歸納分析三波的事件，可以看見幸佳慧生命中著力最深，也
影響最大的行跡：

　　第一件事是以「葫蘆巷讀冊協會」承辦的臺南市森林圖書館
為基地，輻射展開一場深化與活化的「閱讀起步走」運動，也讓
0~3歲嬰幼兒在圖書館中享受閱讀的權益更被重視與保護。雖然仿
效英國Bookstart的「閱讀起步走」運動，在臺灣是由信誼基金會於
2006年開啟，提供所有新生兒贈書；然而由幸佳慧主導的「閱讀起
步走」運動，借鑒她在英國學習直擊的反芻思索，更積極從醫療系
統串連到圖書館系統，把家庭與學校互相締結在一起，共同促使
帶領嬰幼兒閱讀行動的落實。幸佳慧在《親子共熬一鍋故事湯》
（2016）整理了她多年帶領嬰幼兒閱讀的心得與方法，語氣堅定地
說：「我相信也主張，每個嬰兒不論出生在什麼樣的家庭，來自不
同的社經背景，都該有發揮與實現自身生命最佳潛能的權利，要促
成這個既基本又公平的權利，在於我們如何使它成真，這就是這本
書要告訴大家的：大人的『真心相信』外加些許的學習與付出，任
何人都能用『嬰幼兒親子共讀』幫孩子投注低投資、高報酬的終身
保障。」秉此宣言與信念，幸佳慧拚了命似的全臺灣走透透，以每
年平均150場以上的演講，不斷地向老師家長傳達理念。按幸佳慧常
用的詞，她在四處「放火」，野火熊熊，延燒出更多推動兒童閱讀
的美麗景象。

　　那些年我和許多人應該都幾乎是在她演講的場合與她相見，見

她總是意氣風發、神采飛揚，可是僵直性脊椎炎的宿疾持續折磨著她，只是她從不在人前表現自己身體的脆弱；她之脆弱，總是為了孩子權益被大人欺負漠視時愴然淚下，她心裡對人間孩子的愛，也總是在擦乾眼淚後，又勇敢挺直腰，奔向前線繼續戰鬥。

四、化身長襪皮皮

第二件事和阿斯緹・林格倫《長襪皮皮》有關。林格倫這位瑞典兒童文學作家，一直深受幸佳慧景仰尊敬，2008年起親子天下陸續出版了「長襪皮皮」系列故事與繪本，即使「長襪皮皮」系列書籍翻譯者不是幸佳慧，但面對自己心頭所愛的作家作品，她使出渾身解數，屢屢化身長襪皮皮，不斷透過社群媒體鼓吹，勤於奔走校園，讓皮皮顛覆大人虛偽世界，瓦解大人權威秩序的自由獨立精神，旋風式的席捲校園，臺南甚至有間小學全校師生在開學日打扮成皮皮模樣，連男校長與男主任也不例外，閱讀「長襪皮皮」系列故事，無形中也鬆動了性別界線，為性別平等教育立下典範。

林格倫在瑞典受人敬重，不僅因為她的創作，更是她對社會不公不義之事的有力反擊，幸佳慧深受感動啟發，除了寫《走進長襪皮皮的世界：探訪瑞典國寶級作家，永遠的林格倫》（2012）致敬，更劍及履及，熱血澎湃的為反核、原住民土地正義、弱勢族群人權、性別平等教育、同志婚姻等議題發聲，甚至走上街頭，於是「俠女」的封號便不知不覺跟著她行走江湖了。而其作品亦拓展出更鮮明大膽、意義豐饒的血肉姿態，例如《希望小提琴》（2012）談論白色恐怖；《天堂小孩》（2016）關注新北市阿美族三鶯部落的居住正義；《透明的小孩：無國籍移工兒童的故事》（2017）刻劃無國籍移工小孩的生活苦楚現況；《親愛的大人：其實我沒有那

麼壞，我只是靜不下來》（和李佳燕合著，2017）陳述過動兒的心聲，拆解醫療和教養的迷思……，無一不是濃郁的對社會的關愛，對兒童說了許多重要的、塑造成為公民必須思考的事。

五、《蝴蝶朵朵》的淚水與勇氣

第三件事來得急又快，可是影響的波濤更洶湧。2018年底，幸佳慧檢查出少見的壺腹癌之後，奮力完成臺灣首見以兒童遭受性侵害為題材的繪本《蝴蝶朵朵》，2019年4月出版以來，至10月16日她過世前已迅速十四刷。在她生命最後階段，包括字畝出版社、葫蘆巷讀冊協會等團體，以及臺灣兒童暨家庭扶助基金會、勵馨基金會的「蝴蝶朵朵偏鄉傳愛計劃」，短時間大家都在呵護讓每一個受過傷的蝴蝶朵朵療癒，另一方面透過教育防範未然，凝聚了極大的話題效應，形塑一場社會運動，連政府公部門也被撼動注意到了兒童遭受性侵害的嚴重。

當幸佳慧溫柔地敘說：「大大小小的風暴，有時被雨淋濕，有時受點擦傷，但是，只要我們好好照顧它們，它們永遠等著再次輕盈透亮，因為，展翅飛翔，本來就是它們最想做的事。」謝謝幸佳慧帶著受傷的蝴蝶朵朵，鼓舞她們重新展翅飛翔，如今她也飛到天堂雲端，回想她這波瀾壯闊的一生，為當代臺灣兒童文學寫下的絢爛篇章，我們何其有幸曾經與她交會，用她在《靈魂裡的火把》說的話：「你我生命的天光雲影，都是彼此相互的註解與牽連。」記著她的遺願，我們都應努力讓她的靈魂與放的火生生不滅，註解她的創作給予我們的深刻感動。

——原刊《文訊》第410期，2019年12月

冷藏的火把
——鄭清文的文學風景

一、兩個童年

　　2017年11月4日心肌梗塞病逝的國寶級小說家鄭清文，說起他的身世，帶有戲劇性的色彩。1932年9月16日，鄭清文生於桃園鄉下，根據鄭清文的說法位於今桃園市桃園區中正路尾，舊稱「埔仔」。

　　鄭清文本姓李，由於生父只是一個佃農，家境並不寬裕，還經常去金瓜石挖金礦，生下鄭清文後實在無力將他撫養長大，週歲後將他過繼給新莊（鄭清文習慣稱為「舊鎮」）的舅父而改姓鄭。舅父經營木器行，鄭清文在他的短篇小說〈圓仔湯〉中描寫的那個堅守傳統，不願偷工減料的木器行師傅阿福叔，就是對養父與其工作情景的觀察投射。

　　童年時，每年寒暑假鄭清文都會回桃園鄉下，並未與生家斷了聯繫。面對這兩個故鄉，他在〈大水河畔的童年〉（收錄於《故里人歸》）一文曾如是形容：「我出生在桃園鄉下，卻在舊鎮長大。因此，我擁有兩個童年，也擁有兩個故鄉。我在桃園鄉下看到了農民的辛勞，在舊鎮體會到庶民的勤勉。」

　　〈偶然與必然——文學的形成〉（收錄於《鄭清文短篇小說全集別卷》序）一文也再次重申：「我由桃園的農家，轉移到新莊的小商人家。我常講，我有兩個故鄉，也有兩個童年。這是我寫作的

泉源。桃園鄉下，有農田，有水圳，有大埤。新莊有舊街，有許多
廟宇，也有一條大河。大河，在我心中，不僅是水流，是歷史，也
是時間。當人們把眼睛放低，貼近水面，河好像變成無限的寬，無
限的長。這時，瞬間也變成永恆。」翻開歷史舊影，鄭清文的年少
時期，新莊仍然是面向淡水河，但隨著交通的發展，水泥堤岸一道
道砌築起來，新莊從此與淡水河隔遠分離了。可是鄭清文筆下，大
河卻還是永遠浩浩蕩蕩，水光蕩漾，渡船夫的擺盪人生以及對愛情
的渴慕，成了他小說代表作〈水上組曲〉的故事。

　　鄭清文1983年列入臺灣省政府教育廳中華兒童讀物出版的《新
莊——失去龍穴的城鎮》，他將新莊化為報導文字娓娓向孩子述
說。鄭清文既然常說自己有兩個童年，他更常寫兩個童年，尤其桃
園鄉野的風景，水圳、埤塘、稻田構織的風土民情，還有挲草、播
田、刈稻、割耙、巡田水、踏稻頭、踩水車等農事，都留存在他的
腦海中，遂常現身於他的小說，甚至童話《天燈‧母親》，屢屢顯
現他童年的記憶縮影，一幅幅安樂諧和的田園牧歌吹奏著。

　　鄭清文如此牽繫桃園的童年與故鄉，難怪他要在〈好的童話，
應該有起開心智的作用〉一文中（收錄於《沙灘的琴聲》）表示，
如果時光能倒流，最希望能回到童年住的桃園鄉下，因為「很和
平，很容易滿足」。

二、短篇小說之王

　　日治時期鄭清文一如他那一輩的作家，也是學日文長大。由於
家庭經濟拮据，除了教科書，幾乎很少讀到其他書籍。臺灣光復後重
學國語，才終於有機會把家裡眠床頂塵封的一些線裝書如《三國演
義》拿出來看，看了覺得有意思，心裡好像有什麼意識被打通了。

　　1951年，鄭清文畢業於臺北商職高商部，這個時期，他開始自己存錢去買有彩色封面印刷的書，印象最深的是《阿Q正傳》和《茶花女》，一東方一西方，豐富了鄭清文的心靈，而大量閱讀翻譯的俄國小說更成為他在文學藝術境界追求的啟蒙。

　　19歲考入華南銀行任職，從此在新莊與臺北火車站間通勤上班。1954年入臺灣大學法學院商學系，讀完大學服兵役一年半，1960年回華南銀行復職，直到1998年退休都在銀行工作。銀行工作之餘，鄭清文熱衷寫作，他選擇用小說沉澱自己，更擴展了自己的生命視野，開始創造不平凡的小說家人生。1958年3月13日他在《聯合報》副刊發表第一篇作品〈寂寞的心〉，此後不斷有作品發表。

　　1965年出版短篇小說集《簸箕谷》，1968年以〈門〉獲第四屆臺灣文學獎，這篇小說寫一位沒有接到工作聘書的男人，從悼惑地質疑自己，到懷疑人生，自比是一條腐爛中的盲腸。失意的他從與人的接應中領悟人並沒有悲哀的義務，但悲哀仍然要來，心那一扇門進進出出的過程，悲哀如影隨形地跟著。這篇灰色悲戚籠罩的小說，可以視作鄭清文往後小說風格之雛形。沒有浮華誇言，喜以內斂的手法包藏他對人世的炙熱關照，因此讀他的小說，會有外在形式冷淡與內在情感熱情同在的極端感受。

　　至此，鄭清文可說已在文壇佔有一席之地，可是他對寫作的要求近乎潔癖，他曾給鍾肇政的信上說：「我常常想，要寫，就應該寫些像樣一點的，不然，對自己無益，對他人也無益。……我自己就一種毛病，太小心，太謹慎，因此就變得太小氣，也是太小器，所以寫不出大作品。所以雖然自詡寫下一兩篇珠玉，但那畢竟也只是珠玉，珠玉和海洋的碧綠，和黃昏的瑰麗是永遠無法比擬的。」（收錄於《鍾肇政全集26：情真書簡（四）》）鄭清文這種拘謹小心的性格，或許真有影響到他的寫作風格與形式，以致無法寫出鍾

肇政那般氣魄恢弘的長篇大河小說，可是在短篇小說經營，缺點
反而變成優點，佳作不斷，1976年〈故里人歸〉獲第一屆聯合報文
學獎小說佳作，1987年《報馬仔》獲第十屆吳三連文藝獎、1992年
《相思子花》獲時報文學獎推薦獎，清一色是短篇小說集。

　　鄭清文的才情在短篇小說發揮得淋漓盡致，在他一生所有創
作中，只有《峽地》（1970年）、《大火》（1986年）是長篇小說
集，其餘均是短篇小說，和大部分小說家以追求長篇小說為職志，
鄭清文的獨樹一格確實是異數，稱為他臺灣的「短篇小說之王」似
乎也不為過。大部分評論咸認為他的文風偏向簡淨清淡，語言樸實
無華，態度冷靜理性，精擅描寫人物細微心理，故事的思想與情感
表面看似含蓄內斂，欠缺張力高潮，是鄭清文服膺「冰山理論」的
證明。鄭清文曾接受洪醒夫訪問記錄〈誠實與含蓄的故事〉提到：
「我寧願寫得『沉』一點，點到為止。不要讓它『浮』起來，我不
喜歡直接寫出來，不喜歡過分暴露，寧可保守一點，含蓄一點，不
要高聲大叫。我認為海明威說的那句話很有道理，他說：『冰山
十分之九在水裡，只有十分之一在水上。』」（收錄於《鄭清文短
篇小說全集──別卷・鄭清文和他的文學》）鄭清文便是如此不喧
嘩，靜靜流淌著，卻自成一條淼淼長河。

三、看見冷藏的火把

　　1998年，麥田出版社耗費四年編纂的《鄭清文短篇小說全集》
六卷作品堂皇問世，向來不愛曝光的鄭清文，瞬間變成鎂光燈注目
的焦點，《鄭清文短篇小說全集》出版後旋即獲金鼎獎殊榮。2000
年又在鹽分地帶文藝營獲頒「臺灣新文學貢獻獎」，同年10月齊邦
媛翻譯他的短篇小說集《三腳馬》更摘下美國舊金山第四屆「桐山

環太平洋書卷獎」（Kiriyama Pacific Rim Book Prize）小說獎，是臺灣作家第一人加冕此國際文學桂冠。「桐山環太平洋書卷獎」的得獎頌詞讚美《三腳馬》「兼顧地方特色，以及人類的共同性主題……也為英語圈的人畫出鮮活的臺灣」，由此可見，鄭清文的創作能在世界文壇立足，絕對和他既能兼顧臺灣主體特色，貼近寫照臺灣風土民情，又與全球思潮脈動契合，習以冷靜之筆旁觀世界，寫盡人世間的悲歡離合，但他素淡的筆下，又包藏著一顆極炙熱的悲憫心腸，以悲劇昇華性靈，以一絲絲希望救贖苦難，如同他〈我的文學觀〉一文的自剖：「文學要有理想，要有希望。……人與人的關係，是建立在信賴與愛，而不是建立在懷疑和恨的基礎上。這個基礎，同時也是人類能期待更美好將來的基礎。」（刊於1984年8月《文訊》）鄭清文這樣的寫作態度與執著，一筆一筆都深沉用力地觸動人心，恰像詩人商禽的名作〈冷藏的火把〉的詩句：「正如你揭開你的心胸，發現一支冷藏的火把。」

　　鄭清文的文學便像是冷藏的火把，他的理想還往下看重兒童，被黃春明「寫文章的人，都應該抽點時間給兒童寫點東西」的說法鼓舞，1985年遂促成童話《燕心果》的誕生，之後還有《天燈‧母親》（2000年）、《採桃記》（2004年）等童話問世，為臺灣兒童文學鑿出一道新水瀑，清泉嘩嘩沖下，聚成一潭神祕幽美的深泓。

　　2000年出版的評論集《小國家大文學》，可見他對臺灣文學的剴切建言和殷勤期許，獲頒巫永福文學獎。2003年3月17日，鄭清文榮獲第五屆世界華文作家協會終生成就獎。2005年，進一步榮獲第九屆國家文藝獎。這些榮耀鄭清文當之無愧。如今斯人已遠，但其文學風景猶在，仍等著我們走入，揭開看見火一般熱的信賴與愛，繼續為喧囂浮世帶來希望。

——原刊《文化桃園》第12期，2018年3月

圖畫書的戲劇性

一、圖畫書如紙上戲劇

圖畫書在臺灣漸成兒童文學研究的顯學，而談到圖畫書研究，我們很難把莫里士・桑達克（Maurice Sendak）1963年創作的《野獸國》這部世界兒童文學史上經典的圖畫書忽略。《野獸國》衍生的效應，從它在原產地美國有舞臺劇、卡通等改編版本，電影版也於2009年10月上映，這除了證明《野獸國》經典的地位歷久不衰，實也透露了其豐富的故事意涵，非常適合以戲劇形式呈現。

圖畫書有如一部紙上戲劇，頁與頁之間如同一場接一場的戲。但這句話的前提是，這本圖畫書要說一個完整的故事，所謂完整的故事，簡單地說，即是要有人物、事件組成，有起承轉合情節變化的故事。換句話說，圖畫書裡創造的戲劇性（dramatic），正是展現故事完整，甚至觀察是否可以改編成其他藝術形式的關鍵。

圖畫書的圖畫承載了故事訊息，此文字故事長度多寡不是戲劇性完整與否的原因，有關戲劇性的問題，相關的戲劇理論討論甚多，整理起來有幾個關鍵要素：一是動作，要能以動作表現人物的語言、性格、情緒；譚霈生《論戲劇性》表示：「一般地說，戲劇動作，包括劇中人物的外部動作和內心動作兩個方面。」動作決定檢驗一個文本具備戲劇性的重要成因，溯自亞里斯多德（Aristotelés）《詩學》提出悲劇是對一個嚴肅、完整、有一定長度

的行動的摹仿，它的媒介是經過「裝飾」的語言，以不同的形式分別被用於劇的不同部分，它的摹仿方式是借助人物的行動，而不是敘述，此說影響後世深遠，幾乎成了對戲劇本質的一種認定。

戲劇性的第二要素，是要有衝突和轉變。衝突使情節敘事不致單調呆板，且更能強化角色動作的目的，有跌宕起伏的發展歷程，體現角色的性格意志的最佳管道，也就在種種衝突的情節中，而衝突結束後的改變，在兒童戲劇的表現，為了加強教育性，則往往會讓角色有改過向善，或啟蒙成長，戒除幼稚的行為等作法。換句話說，少了衝突與改變，我們所看到的角色刻劃，可能僅是單一平面，沒有血肉靈魂的。

觀察戲劇性的第三要素即情境。用黑格爾（G. W. F. Hegal）《美學》的話來說，個別人物性格必須有本質上的定性，如果理想要作為有定性的形象現在我們面前，它就有必要不只是停留在它的普遍性或一般狀態上，而是使一般的東西外現為特殊的樣式，只有這樣，它才得到客觀存在和顯現。在黑格爾的解釋中，有定性的存在就形成了情境，情境可以使本來在普遍世界情況中還未發展的東西得到真正的自我外現和表現。在戲劇裡的情境，往往是促使角色產生特有動作的客觀條件，前述情節中的衝突與轉變也都會蘊含在情境內。

戲劇性應該還有第四要素，有關於戲劇場面的構成。情節組成場面，每一個場面中，至少都會有一個人物或一群人，表現在一定空間、時間內發生的事。每一個場面的內在組織，都必須是互相聯繫，有因果相承的。

二、《野獸國》的戲劇性

　　《野獸國》的故事從麥克斯（漢聲中文版翻譯名為「阿奇」）晚上在家裡穿上野狼外套放肆玩鬧開始。孩子的變裝，可以滿足他們在遊戲中創造想像的樂趣，但對大人而言，則是無可容忍的撒野，於是媽媽罵他「小野獸」，命令他上床睡覺，且不准他吃晚飯。這是成人與兒童認知上的對立，卻形成戲劇上的衝突，隨之的轉變——麥克斯用他的心理幻想，擺脫氣憤，流浪隱遁到虛擬的野獸國去。從現實跨入幻想，場面的轉換，製造了懸念，麥克斯在野獸國的奇遇是扣人心弦的。

　　野獸國裡的野獸，在桑達克筆下，被描繪成長著尖牙利爪，身軀龐大，但眼神的溫和無辜，使牠們看起來有種純真憨態。在現實世界裡被成人制約的麥克斯，在自我的異想世界中得到解脫，他成了一個可以馴服、掌控野獸的野獸大王。從麥克斯動作神情的自信與驕傲，可以解讀出這個孩子正把心中承受的不平與壓抑，移轉到了野獸身上。

　　原作裡連續三個跨頁，我們可以看到麥克斯與野獸的狂歡，整個情境裡顯示了麥克斯正在進行轉化情緒的特殊目的，所有動作皆是為了內在的自足，正如黑格爾所言：「情境在得到定性之中分化為衝突、障礙糾紛以至引起破壞，人心感到為起作用的環境所迫，不得不採取行動去對抗那些阻撓他的目的和情欲的擾亂和阻礙的力量，就這個意義來說，只有當情境所含的衝突揭露出來時，真正的動作才算開始。」所以，接下來麥克斯命令野獸停止撒野、去睡覺、不准吃晚飯時，完全複製他媽媽的權威話語時，另一個衝突也就出現了——麥克斯似乎已將憤怒發洩完畢，但他也要回到現實的

狀態，做回小男孩麥克斯，必須先滿足最基本的食物飽足需求，內在的自我交戰，最後他決定放棄當野獸大王，再度乘著小船回到現實世界裡。回到家時，發現晚餐正放在桌上等著他，而且還是熱的呢！

　　桑達克畫出麥克斯摸著自己的額頭的樣態，似乎暗示著野獸國的幻想之旅，是一場夢，但夢中消解了麥克斯心中的壓抑，使內心達到平衡，回復成一個有活力的小男孩。桑達克塑造的幻想情境，對現實不滿的超越，在異境中得到回饋與紓解，兒童的意識特性被處理的層次分明，故事的統一與完整，人物性格刻的生動，正是《野獸國》最精彩也最戲劇性的地方。

三、《誰要吃草莓》的戲劇性

　　《誰要吃草莓》（The Little Mouse ,The Red Ripe Strawberry, and The Hungry Bear, 1994）也是一本我認為很適合檢驗圖畫書裡的戲劇性的作品。這本圖畫書的創作者唐・伍德（Don Wood）和奧黛莉・伍德（Audrey Wood）是美國兒童文學界一對頗受歡迎的夫妻檔，他們1969年結婚後，和許多兒童文學作家一樣，是因為長子布魯斯・羅伯特伍德（Bruce Robert Wood）出生的刺激，使他們開始創作童書。

　　唐・伍德生於1945年，生長於加州的一個農莊，父親是農夫，母親則是小學教師；奧黛莉・伍德生於1948年，她的家族中，曾祖父、祖父和父親均是藝術家，不過，奧黛莉是他們家族中第一位女藝術家。相較於先生童年單純地在農莊渡過，奧黛莉因為父親幫馬戲團畫壁飾之故，得以到處遊歷，三歲起就到過墨西哥、西班牙等地，因而西班牙文如同她的第二母語。

　　他們曾以兒子熟睡的樣子為模型創作《打瞌睡的房子》（The Napping House, 1984），創作出原本睡眠中的動物與人，卻被一隻不

睡覺的跳蚤打擾以致瞌睡蟲消失的趣味故事。昔日書裡的金髮男孩
布魯斯，也已從加州藝術學院畢業，專長3-D型態的創作，並和母親
合作出版了《神祕字母》（Alphabet Mystery）等書。

　　《誰要吃草莓》這本圖畫書以旁白開場，但我們不知發聲者為
何人，只知他似乎正隱藏在某個地方，監視著主角小老鼠的一舉一
動，他知道小老鼠正要去採又紅又熟透的草莓，還警告性地問小老
鼠有沒有聽到饑餓的大熊的聲音，恐嚇說那隻大熊也愛吃又紅又熟
透的草莓，而且大熊大老遠就可以聞到味道，現正穿越森林朝小老
鼠而來。

　　面對覬覦著草莓的大熊，小老鼠再也不敢慢慢走，採完草莓
後，趕緊回家。可是那神祕的聲音又威脅著說，無論小老鼠把草莓
藏在哪裡，用什麼方法保護草莓，或把草莓偽裝都無效，大熊靈敏
的鼻子還是會幫助他找到草莓。那神祕的聲音後來乾脆建議，為了
讓草莓保存下來，最好的辦法就是——把它切成兩半，「把另一半
和我分享。」那神祕隱形者傳來的話，使他的真實身分昭然若揭。

　　聰明的小老鼠，聽從了建議，把草莓切成兩半，與神祕隱形者
共享又紅又熟透的草莓，就再也不用擔心有大熊來擾亂了。

　　《誰要吃草莓》這本圖畫書的有趣處甚多，可以分別從幾方
面來探討：首先是小老鼠這個角色，一開始反映的是兒童典型的自
我中心，這是兒童認知發展中普遍的階段行為，瑪麗亞·蒙特梭利
（Maria Montessori）《童年的祕密》說：「在童年期當兒童開始意
識到自我，他的感官處於一種創造性的狀態時，他特別容易受到暗
示，在這個時期，成人能夠悄悄地潛入兒童之中，用他的意志激發
兒童的意志，使兒童產生變化。」如果引導兒童去思考自我中心對
人際關係的障礙，讓兒童對此一客觀事實思考建構出新的認知，就
可以走出自我中心的閉鎖狀態。但若過度壓抑兒童自我，只為成全

他者，反而又讓兒童失去對自我的自信與瞭解。

　　《誰要吃草莓》故事中的小老鼠拋棄自我中心的關鍵，先是因為懼怕大熊來搶草莓，可是那神祕隱形者如同一個長者，雖然一直用脅迫的口吻，還是一步步引導小老鼠做出正確決定，既可與他人分享吃草莓的快樂，又能克服心理的恐懼。這樣的角色設計貼近兒童心理，容易引起兒童的共鳴。

　　圖畫書吸引兒童，兒童喜歡圖畫，在閱讀的共鳴尋找過程，培利‧諾德曼（Perry Nodelman）《閱讀兒童文學的樂趣》指出：「圖畫是一種表現——一組符號，其意義靠的是學到策略之詮釋體系；就因為圖畫企圖表達視覺的訊息，所以許多圖畫比起口語或書寫的文字顯然更酷似所呈現的事物。但即便如此，卻並非所有的觀看者都明顯看到相似性——某甲可以理解的視覺描述，對某乙來說可能毫無意義。」

　　《誰要吃草莓》別出心裁的創造了一個隱形角色，帶點後設的筆法，我們只能透過他的聲音旁白牽引情節發展，自始至終完全看不見他的身影現形。換句話說，這本書其實是小老鼠的獨角戲，從第一頁畫小老鼠拿著長梯子走出家門要去採草莓開始，站在又紅又熟透的草莓底下，小老鼠手插腰的神情看來既滿意又興奮。當他用長梯爬上去要採草莓，那神祕隱形者告之有沒有聽到饑餓的大熊的聲音，小老鼠展現出驚慌的神情，動作隨之僵硬起來，隨著神祕隱形者繼續描述大熊的存在、喜好、欲望，嚇得小老鼠垂下耳朵，抱住草莓，然後發抖不已的從上頭跌到地面，跌倒時還搗住嘴巴，怕尖叫聲引起大熊注意，趕緊扛著掉下來的草莓落荒而逃。為了保護草莓，小老鼠想出幾種策略，用土把草莓埋起來，把草莓扣上鎖鏈，周圍且布滿圖釘，還可以把草莓裝成人的樣子，但這些方法那神祕聲音說對大熊都沒用時，小老鼠從地毯裡探出頭來膽怯的模

樣，以及後來使勁切草莓的認真模樣，都十分鮮活逗趣。

　　整個過程中，小老鼠的情緒分明，表情變化生動，但事實上，小老鼠不是在做演員的體驗表演，他是真實地體現自己內在的情緒轉折，從獨自擁有的喜悅，到被恐嚇受驚，最後跳出自我中心，獨樂樂不如眾樂樂，所以最後才能在飽食之後，悠哉地躺在吊床上，微笑的比著OK的手勢。只是前面我們說過，這本圖畫書的獨特，是它的創作形式如同小老鼠的獨角戲，所有視覺畫面鋪陳的空間，都像是直視一座平面舞臺，小老鼠的流動走位，忽焉向左，忽焉向右，小老鼠身體雖小，和其他事物強烈對比，可是因為他是場面上唯一的角色，所以還是成為視覺焦點。依此判斷，小老鼠確實有成為一流演員的天賦與潛力，才能把獨角戲表現得如此出色，引人莞爾發笑。

四、動態閱讀的實踐

　　《誰要吃草莓》不是一齣戲劇，但它的視覺與情節動作如前所述，充滿了戲劇性。按阿萊德耶・尼柯爾（Allardyce Nicoll）《The Theory of Drama》的說法，有別於戲劇（drama）再現生活，戲劇性則是在生活中確切引發震驚，非日常普遍的意外事件；戲劇經常利用這些無可預期導致情緒或精神發生震驚的意外，戲劇情節構思的特徵便是建立在此基礎之上。這本圖畫書的情節結構，起於一個採草莓事件，接續有大熊可能出現的緊張衝突，以及小老鼠種種捍衛草莓的有趣行動，其行動處處彌漫喜劇滑稽風格，又沖淡不少緊張氣氛，最後情節急轉直下，在圓滿和諧中結束。

　　不過，《誰要吃草莓》傳達的視覺訊息還有一些值得討論的地方，就是那個隱形角色，他一直告訴小老鼠大熊已聞到又紅又熟透

的草莓味道正接近中，最後指示小老鼠切草莓時，用的是第一人稱「我」說：「把另一半和我分享。」「我」若是大熊，那麼整個故事其實都是大熊在主導，企圖讓小老鼠學習與人分享事物，拋棄自我中心的獨佔。瑪麗亞‧蒙特梭利認為：

> 兒童具有兩重秩序感，其中之一是外部的，這種秩序感從屬於兒童對他本身與自己的環境的關係的感知。另一個是內部的，這使兒童意識到自己身體的不同部分和它們的相對位置，這種敏感可稱之為內部定向。

蒙特梭利所謂的秩序感，除了行為規矩的解釋之外，亦可以擴散為泛指一切事物的和諧沒有衝突狀態，所以小老鼠感知外在衝突存在，固然是因為他者——大熊的關係，更重要的是自我內部的意識啟發，覺知與人分享的好處，否則他就不會真的把草莓切半，只吃一半草莓也不會覺得心滿意足了。但因為小老鼠做了分享這一行動，遂把事情導向雙贏的和諧美好。

但從一個角度來看，隱形者「我」，也有可能不是大熊，因此大熊存在可能是他編造的謊言，說謊固然可議，但放在兒童文學經常彰顯善美精神的思維下觀看，我們又能找到理由解釋他善意的謊言的用心。不論他的身分為何，他終究使小老鼠心甘情願把草莓分半，彼此共享，小老鼠若沒有被點醒的自覺之心，行動是不會這麼乾脆的。從未現身的隱形者，益發增加這本圖畫書閱讀的樂趣，甚至對此角色產生如培利‧諾德曼所謂閱讀圖像的意見分歧，卻也使得這本圖畫書意涵更豐富，尤其是封底才現出一隻大熊的影子，這本圖畫書圖像與語言文字之間的配合，構成的多義性不能簡單判斷，培利‧諾德曼認為：「當我們看圖畫書中的圖時，還要外加思

考圖與文字的配合，以及與前圖和後圖的關聯。換句話說，我們不僅要考慮圖畫的美感，還要思考圖畫如何幫助我們了解故事。事實上，這種圖畫當中的每一樣東西，其重要性是故事訊息的來源，而非美學樂趣的來源。圖畫的形狀、風格、布局等，都是為了傳達使我們回應故事的訊息。」培利‧諾德曼道理說得蠻淺白，卻有助於我們分析《誰要吃草莓》這樣的圖畫書時注意圖像符碼和文字指涉的弦外之音。

　　以上所舉兩本圖畫書豐富與強烈的戲劇性，若用來實踐動態閱讀，以各種戲劇形式表演，一點也不教人意外。

　　　　　　　　——原刊《國語日報》兒童文學版，2011年5月22日、5月29日

在兒童戲劇中溫暖相遇
──黃春明與兒童戲劇

　　猶記得2008年3月8日國家戲劇院的舞臺上，燈光熠熠，黃大魚兒童劇團的《稻草人與小麻雀》正上演著。當飾演爺爺的黃春明老師一出場亮相，全場響起熱烈的掌聲，間雜著熱情的哨聲與歡呼聲。那一刻，舞臺上一身素樸莊稼漢扮相的黃春明老師，簡直比影視明星更閃耀動人！

　　演出結束後，我寫了一篇評論〈思考兒童戲劇簡約的意境──黃大魚兒童劇團《稻草人與小麻雀》〉（發表於2008年6月15日《國語日報》兒童文學版）。不久，被轉載於黃春明老師創辦的《九彎十八拐》雜誌。

　　2009年9月起，國立臺北藝術大學開學後，迎來了駐校作家黃春明老師。彼時我正在戲劇學系攻讀博士班，當然不能錯過和黃春明老師請益的機會。與黃春明老師相識結緣於此，初次見面，我站在門口自我介紹完，黃老師說的第一句話是：「就是汝喔！遮爾少年！」有點逗趣俏皮的語氣，說完後一陣爽朗的笑，邀請我坐下。那一次和黃春明老師在研究室內暢談兒童戲劇之種種，充盈滿室的故事與笑聲，直到快傍晚還欲罷不能。從研究室外眺望的關渡平原，已經霞彩滿天，並送來陣陣涼意，可是心中感受一位長者待後輩的溫暖，感受他對兒童戲劇的熱愛，讓人全身煦熱激動。

　　依黃春明老師的說法，他的戲劇啟蒙甚早，因為宜蘭是歌仔戲的故鄉，加上他的父執長輩又是羅東鎮上的「浮崙仔福蘭社」北管

子弟班成員，所以童年時期他便浸潤在戲劇的環境中，看過各類型
的戲劇演出，尤其迷戀野臺戲的趣味不可自拔。還有來自於阿嬤的
口傳故事，鄉野俚俗，都滋潤成了他創作取之不竭的泉源。

　　童年培養的戲劇基因，成年後，以小說和電影劇本聞名，那麼
黃春明老師與兒童戲劇的連結又是如何發生的？時間可追溯到1972
年。他擔任編劇及製作中國電視公司一個頗受歡迎的兒童節目《貝
貝劇場》，節目中有一個「哈哈樂園」單元，黃春明老師由日本引
進杖頭木偶，創造出頗受歡迎的主角小瓜呆，以及造型長得像竊聽
器的樹上木耳等角色，使偶的地位在兒童節目中提升。

　　1989年，彼時黃春明老師任職於豐泰文教基金會，在豐泰文教
基金會支助下的鞋子兒童實驗劇團，牽引著他正式走入兒童戲劇
的大門。不過黃春明老師創作的第一個兒童劇本《短鼻象八噸將
軍》，還未引起太大注意。這齣戲故事靈感來自第二次世界大戰
時期美國著名的陸軍上將巴頓將軍，巴頓將軍童年時罹患閱讀障礙
症，受過不少歧視嘲笑，但後來克服障礙，成就功名偉業。短鼻象
八噸將軍每天吃八噸，看似威風厲害，卻因鼻子太短，生活處處不
便，也受盡嘲諷而苦惱煩憂。此故事後來又改寫成童話《短鼻象》
出版。

　　1992年，黃春明老師再創作《無鳥國》，由鞋子兒童實驗劇團
演出。這齣戲敘述有個國家種植了百果樹，引來許多鳥兒啄食，新
上任的小國王命令大臣研究各種捕鳥方法，鳥是被趕跑了，卻讓
百果樹荒蕪，更導致農民生活陷入困境。最後小國王在探險家的建
議陪伴下，去尋找鳥兒藏匿的小島，誠心向鳥兒懺悔，最後得到諒
解。鳥兒重新回歸，生態平衡，百果豐盈。百果樹之「百」，意喻
著萬物眾生共生共榮的圓滿，以及環境的完善，百分之百的疼惜土
地信念很明顯，教育意味濃厚。值得一提的是，戲中出現國臺語夾

雜的歌曲〈慶豐收〉，不刻意全然使用臺語，但自然融入戲劇情境
中的多語聲調，亦成了黃春明老師兒童戲劇作品的特色之一。黃春
明老師後來的兒童戲劇作品語言，還有一個鮮明的特色，就是愛用
押韻，例如後來創作的《小駝背》，有段臺詞描述小駝背被一群小
孩嘲笑：「小駝背像烏龜，東爬西爬無家歸；叫他挺胸他彎背，叫
他爬樹他不會。」音韻諧的念白，可加深兒童觀眾對戲劇情境去感
同身受。

　　也是1992年發表的《稻草人與小麻雀》，一樣由鞋子兒童實驗
劇團演出，黃春明老師更親自擔任編導。那是臺灣解嚴後，本土意
識愈發堅定鞏固的年代。《稻草人與小麻雀》瀰漫著農村鄉土寫實
氣息，又帶著童話般的純真想像，戲末稻草人與小麻雀毫無對立的
融洽，呈現了烏托邦的美好想像。

　　累積和鞋子兒童實驗劇團合作的經驗之後，黃春明老師在1994
年創立黃大魚兒童劇團，旋即與頂呱呱企業合作設立「頂呱呱黃春
明兒童劇場」，在臺北大安森林公園推出《週末劇場》，並演出偶
戲《土龍愛吃餅》，他的兒童戲劇創作能量自此更加壯大，爾後幾
年陸續推出的兒童戲劇《掛鈴噹》、《小李子不是大騙子》、《愛
吃糖的皇帝》、《外科整型》、《戰士乾杯》、《小駝背》等，每
一齣皆膾炙人口。

　　1999年10月6日，《小李子不是大騙子》首次登上國家戲劇院。
這是一個以兒童觀點來重編陶淵明〈桃花源記〉的故事，對黃春明
老師而言，他始終認為腳下的土地，就是桃花源，問心而不遠求。
然而戲劇故事總是需要衝突，所以他設計讓小李子去過桃花源、馴
服了鰻魚精的經歷不被村人採信。就在村人交相指責之時，受難的
小李子承天垂愍，天空竟降下桃花雨，被放走的鰻魚精回返，告知
村人真相，小李子洗刷了冤屈，所有的誤解與傷心才被寬容撫平。

當小李子所見的真相不被認同，所有的村人猶如穿著「國王的新衣」，真理與良心都被心與眼蒙蔽。

《小李子不是大騙子》的表演美學形式上，採用了傳統京劇精神，重寫意與程式化動作，戲中歌舞成分重，舞蹈形體以民族舞蹈形式去編排，也算是黃春明老師兒童戲劇作品偏好的風格。《小李子不是大騙子》不論舞臺布景陳設或戲的編排，多見留白。留白生餘韻，綿延思考與想像，這些美學特徵，俱可概括為他的兒童戲劇創作最顯著的風格印記。一如我在〈思考兒童戲劇簡約的意境——黃大魚兒童劇團《稻草人與小麻雀》〉一文提到的：

> 傾向「減的美學」，是靠向中國傳統戲劇的表現形式，用寫意象徵代替過多冗贅失真的寫實；在當代臺灣兒童戲劇一面倒的向熱鬧華麗綜藝化靠攏，使得諸多兒童劇愈來愈難看時，還有少部分兒童劇團在藝術家的堅持下，執意走自己的路，黃大魚兒童劇團便是那少數之一。

我區別出臺灣多數兒童戲劇的創作走向，綜藝化的搞笑，空有華麗炫爛的服裝、燈光、布景和道具的視覺堆砌，卻忽略了好好說一個故事，忘了講究故事的內涵，忘了美育的陶冶；甚至忘了創作的初心，忘了擁抱孩子般的純真。黃春明秉持兒童戲劇是兒童成長需要的營養，所以他在劉早琴《原鄉、北進、回溯——黃春明小說研究》的訪談中說：「我為什麼會去弄兒童劇團，因為覺得不是讓孩子大笑就好，所有的演出如果不能走入心靈，是沒有意義的。讓小朋友覺得兒童劇有趣之外，還可以去思考，而且大人跟著觀賞也覺得感動，覺得竟然這麼好。理想的狀態，是看完兒童劇小朋友雖不一定瞭解內涵，但是會放在記憶中，讓戲劇的種子隨著成長，慢

慢變成營養，可以吸收變成對的行為、觀念的啟示。」由此可見，人文化育是黃春明老師兒童戲劇創作極重要的意念主旨。

2002年，黃春明老師回故鄉宜蘭發展，黃大魚兒童劇團當然相依相隨。蘭陽平原的美麗召喚，喚起了黃春明老師更炙熱的愛鄉情懷，以更多行動和孩子在劇場溫暖相遇，例如指導宜蘭復興國中少年劇團演出《我不要當國王了》，指導礁溪國小兒童劇團等，他創作的兒童戲劇也不斷巡迴宜蘭縣內小學、社區演出，讓戲劇藝術深深地扎根。見諸黃大魚兒童劇團每次演出，演員多為兒童或青少年，也可看見他培植藝術幼苗的心意。近年黃大魚兒童劇團演出都是舊作，然而我相信黃春明老師還是持續構思新作，等待時機搬上舞臺。

我曾請教過黃春明老師兒童戲劇創作需要什麼方法技巧時，他回答非常簡單：「用心！」唯用心，方有溫暖感情，始能灌注在戲劇文本，成其靈魂，滌蕩人心。這是黃春明老師和他的兒童戲劇給予我們的啟示。

——原刊《聯合文學》第420期，2019年10月

當春風停止吹拂
——「人文合一」的傅林統與其作品

　　2020年1月18日那天，我正在澳門演講剛結束，收到資深作家邱
傑傳來的訊息：「傅校長離開了，悲痛萬分！」萬分不捨的悲痛瞬
間翻湧，忍不住就在茶餐廳裡哭起來。去澳門前最後一次跟傅校長
電話聯繫，告知傅校長我的新年願望是希望他身體趕快康復，傅校
長用一貫溫和氣緩的語調回答：「謝謝你多年來的照顧。」從這句
話就可看出一個長者的生命高度，他為人謙遜，慈祥和藹，樂於提
攜後進，在教育崗位春風化雨46年，退休後到圖書館為孩子說故事
當志工，更持續寫作不輟，詩、散文、童話、少年小說、兒童文學
論述等各文類豐沛多產，也在2001年獲桃園縣教育局頒發桃園縣兒
童文學特殊貢獻獎，然而這一切作為或榮譽肯定，在傅校長的觀念
裡，都覺得沒什麼好特別說的，就是應該要做的事，而他只是盡力
用他的能力去完成罷了。就連生命尾聲病中，他也低調的央求不要
有太多人去探望他，「不要麻煩大家來為我操煩。」傅校長這話看
似有一點固執，卻也再次證明他溫柔慈悲體恤他人，凡事先從利他
的角度去想。

　　這般修為，應是傅校長少年時期起便奠立的德性，他出生於
桃園大溪，父親是日治臺灣初期的小學教員，童年就與書為伍，
又師法父親立志於教育工作。新竹師範學校語教系畢業之後，一
面教書一面寫作，1950年代起開始在《國民教育輔導月刊》發表教
學理念，文學創作也開始見於《國語日報》。傅校長有一筆名「林

桐」，據他口述是讀師範學校期間看過的1940年代中國大陸劇作家袁俊的劇本《萬世師表》，劇中的老教授就叫「林桐」，林桐一生作育英才無數，始終維持清貧簡樸的高貴人格，不為名利所惑。劇中林桐教授有一句對白說：「我們不能像草履蟲似的一遇到困難就掉頭另尋別路。」充分反映出老教授追求理想的性格。傅校長追尋理想於此，當也思考到桐木有對人類貢獻的效益。

　　一路從教師、主任到1967年9月升任山腳國小校長開始，傅校長以自己姓氏的諧音幽默地說：「我都跟小朋友說，我們學校只有傅（副）校長，沒有正的校長。」這位傅（副）校長也真的很特別，他在朝會不訓話，而是跟孩子說故事；孩子聽不過癮，他還去教室說。孩子上癮了，為了有更多故事，他在公餘就努力寫。1970年12月，少年小說處女作《友情的光輝》出版，隔年獲第六屆中國語文獎章。傅校長談到兒童文學創作者的素養，在《兒童文學的思想與技巧》（1990）一書中提出要先建立「熱愛兒童」、「了解兒童」、「對弱者有強烈的同情心」三個條件。這三個條件更簡單地說就是愛人、愛孩子，懷著溫煦的愛在心中，傅校長用他一輩子在實踐。

　　總是溫和儒雅，笑瞇瞇的傅校長，每次親近他，與之談話，都有如沐春風之感，那不僅是短暫的感覺，是很深刻的透徹於心。我們相識緣起是1999年6月桃園縣立文化中心舉辦的「兒童讀書會帶領人培訓」，傅校長和另一位資深兒童文學作家林鍾隆老師擔任講師，正是這場活動讓我與兩位前輩結下不解的緣分，他們兩位對我愛護鼓勵有加，引領我走入兒童文學大門，今日我在兒童文學界有的一點點成就，都要歸獻於他們，深深地感恩。

　　說來很巧，傅校長的家，離我讀的小學建國國小不到50公尺，從上世紀末相識以來，說來有愧，我從未給過傅校長生活起居上的

照顧，只是逢年過節會去探望噓寒問暖。我照顧傅校長更多的，是守護他的文學資產，傳承他的文學信念，我在寫作《凝視臺灣兒童文學的重鎮——桃園縣兒童文學史》期間，承蒙他贈送許多文獻與書籍，迄今仍小心珍藏著。約莫2010年後，傅校長也開始學習用電腦寫作，我曾去教過他打字。傅校長仍有一些他翻譯的日治時期臺灣兒童文學作品尚未出版，打完字託付在我這兒，囑我將來若有機會可代尋出版之可能。傅校長這些年每有新書出版，我會盡可能幫忙找場地辦新書發表會，最近的一次是2016年2月4日，回到傅校長故鄉大溪的「新南12文創實驗商行」舉辦「文學迎春：傅林統、邱傑、施政廷、謝鴻文聯合新書分享會」……往事一樁樁憶起，依然清晰可感，依然可以感受到傅校長如在身邊微笑端坐著。

像傅校長他們這一代的兒童文學作家，面臨戰後之初到1970年的臺灣兒童文學環境猶如荒原瘠地，一筆一筆，一鋤一鋤地墾拓，從教育現場教學、刊物創辦、研習活動、兒童文學獎，更重要的是自我砥礪寫作，原先寂寥少人關注的兒童文學苗圃，1970年代中期後，漸漸有了青青草綠，再到2000年後的繁花盛開榮茂。

光說桃園，以1966年創刊的《桃縣兒童》開始，之後數十年間的桃園縣兒童文學研習營、《桃園縣教師兒童文學創作選集》、桃園縣兒童文學獎、《桃園縣籍作家作品集》、桃園縣兒童文學學會、桃園市兒童文學館等，都有傅校長擔任講師、評審的身影，甚至是推手促成的心力著痕。

「人文合一」的傅校長，如果要說分析他創作的風格特徵，我覺得可以概括出兩個主軸：一是真善美理想精神的傳送，一是鄉土認同與情感的歌頌。真善美理想精神的傳送，儼然傅校長寫作兒童文學的最高指導原則，恆常溫潤的筆調，娓娓敘事，代表作《秋風姊姊》（1979）曾獲金鼎獎，延續《秋風姊姊》之後的《小龍的勇

氣》（1982）、《智商一八〇的小獼猴》（2003）、《小精靈的世界》（2007）、《森林小學的怪事》（2010）、《變！變！變！動物園》（2017）、《妙！妙！妙！開心國》（2018）等童話幾乎都符合於此，光明人性的引導啟蒙與成全，處處瀰漫著愛的心意。

　　至於鄉土認同與情感的歌頌，可以在《小獵人》（1980）、《田水甜》（2012）、《河童禮》（2015）、《定睛凝望・歌我桃園》（2015）、《艋舺的秘密》（2018），以及最後遺作《家在桃園》（2019）等諸多作品中熱切感知，不管是用小說虛構或真實散文敘說，消逝的純淨鄉土、久遠的美好人事，如同《艋舺的秘密》說的：「萬物在流轉，社會、文化、族群也在變化……。」所幸被遺忘的、變化的，都被傅校長保留在文字裡繼續傳承。

　　晚年學習佛法的傅校長，尤愛《法華經》，並以此解析過日本兒童文學作家宮澤賢治等人的作品。《法華經》比喻眾生是花草樹木，一雨普潤，「如其種性，具足蒙潤，各得生長。」眾生根器智性有別，覺受不同而生長出不同樣貌。閱讀傅校長的創作，或親炙這樣的人，蒙春風化雨過，每個人接受領悟有別，但我們此刻唯一可共同辨識，也唏噓感傷的是──那陣春風停止吹拂了。

語言文學類　PG2691　文學視界135

兒童文學的新生與新聲

作　　者/謝鴻文
責任編輯/姚芳慈
圖文排版/黃莉珊
封面設計/劉肇昇

發 行 人/宋政坤
法律顧問/毛國樑　律師
出版發行/秀威資訊科技股份有限公司
　　　　　114台北市內湖區瑞光路76巷65號1樓
　　　　　電話：+886-2-2796-3638　傳真：+886-2-2796-1377
　　　　　http://www.showwe.com.tw
劃撥帳號/19563868　戶名：秀威資訊科技股份有限公司
　　　　　讀者服務信箱：service@showwe.com.tw
展售門市/國家書店（松江門市）
　　　　　104台北市中山區松江路209號1樓
　　　　　電話：+886-2-2518-0207　傳真：+886-2-2518-0778
網路訂購/秀威網路書店：https://store.showwe.tw
　　　　　國家網路書店：https://www.govbooks.com.tw

2022年2月　BOD一版
定價：280元
版權所有　翻印必究
本書如有缺頁、破損或裝訂錯誤，請寄回更換

讀者回函卡

國家圖書館出版品預行編目

兒童文學的新生與新聲 / 謝鴻文著. -- 一版. --
臺北市 : 秀威資訊科技股份有限公司, 2022.02
面 ;　公分. -- (文學視界 ; 135)
BOD版
ISBN 978-626-7088-17-3(平裝)

1.兒童文學 2.文學評論

863.592　　　　　　　　　　110020653